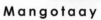
混濁
Mangotaay
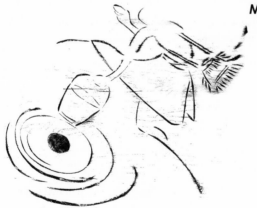

部落人的話

i kaikor no lotok , mafokilay kita to maóripay a masamaamaanay
後面　　　山　不了解　我們　生長的　　　任何事情
i tadifas no riyar , mafokilay kita to paro to masamaamaanay
海底(深層) 海洋 不清楚　我們　隱藏　任何寶物
o maselenay no sotá , awaayto ko makoracay a fanges
　深埋　　　　土地　已經沒有　潔淨　　　皮膚
maícangay tono cidal ko pinaloma , maákikay tono lifes ko papah no kilang
曬乾　　　　太陽　農作物　枯萎　東北風　葉子　　樹木
masasaway tono aniniay a tamdaw ko demak no toás
洗淨　　　　　現在的　　人　　　事物　祖先(早期)
siwsiw　saan koya pakayraay i álo no lotok a fali
徐徐的風聲　　從　　　溪谷　山　風
mapalal noya kietec koya mafotíay a wawa
醒來　　　冰涼　　正在熟睡　孩子
yo tapielal koya wawa
當 睡醒　　　孩子
mahiraten ningra koya kahofocan ningra a niyaró
回憶起　他　　　出生地　他　　部落
oya sera oya sotá , oya álo , oya kilang , oya palomaan notoás
　大地　　泥土　溪谷　　樹木　　種植的　祖先
awaay to kopinangan no aniniay a kapah ,
沒有　清楚　　　　現在的 年輕人
nanay iraa:ca ko cifalocóay a kapah
慶幸 總是有　有心(用心) 年輕人
o matalaway , o sidaítay to kalasawad no lalengawan no Makotaay
深怕　　　擔心　　消失　　文化(根)　港口

awaay ko misidayan no toás to fangcalay a tilid,

沒有　　留下　　　　祖先　很好的　　文字

o sowal no matoásay, o matarohay no fali malasawaday

　說　　　長者　　　　被拉著　　風　消失的

nanay sidayen ko rayray no lalengawan no Makotaay,

期盼　留下　一代又一代　文化(根)　　　港口

saka haw maáraw no wawa no wawa nomita,

所以　　能看到 子子孫孫　　　我們的

paceken i codad ko demak no toás,

釘住　　書　　事物　　祖先

haw moecel ko rakat, taengad ko kaáyaw, maraay ko nengneng no kapah

才 直直的　走路 明亮的　前方　遙遠的　看到的　年輕人

　　山的後方，我們不瞭解，到底生長些什麼？海底的深層，我們不清楚，隱藏些什麼寶藏？那些被泥土掩埋的祖先，潔淨的皮膚已經漸漸失去（意指阿美文化已經慢慢被部落的人遺忘）。曾經是祖先種植的農作物，已經被太陽曬乾。枯萎的樹葉，屢受東北季風的吹襲。祖先所遺留下來的事物，被現在的人淡忘。

　　從山谷徐徐吹來的風，吹醒了正在熟睡的孩子。當這孩子醒來的時候，他回憶起他出生的部落，那一大片土地，那與部落相連結的溪流與海洋。對於祖先遺留下來的一草一木，儘管現在的人已經看得模糊不清，但是曾經的過往，何時又能夠再出現在我們的眼前？

　　老人家曾經說過：「抓不住現在，就會隨風而去。」雖然我們的祖先，沒有留下完整的文字。但值得慶幸的是，現在就有那麼一位有心又用心的年輕人，他深怕港口部落文化的根源，隨著時代的衝擊而慢慢消失。

　　能夠承續部落存在的歷史價值，把港口阿美部落文化的文字化是刻不容緩的。期盼！藉由這本書能夠激勵現在的年輕人，看清遙遠、明亮的前方，挺起胸膛，要用力跟隨前人的腳步，勇敢向前走。

蕭清秀 Sakuma （港口國小母語老師）

野地裡的聲音

那說自己不會寫字的人終於奮力一擊，逮到機會，想盡辦法的，想盡一切辦法的，掌握住也能寫字的機會，好好的寫下心裡想要說出來的話。寫字了！

如果文字也是一種階級的話，那不會寫字的人終於打破階級，寫字了！

這一向都是會寫字的人在說、在寫、在創造歷史，創造真相，但大部分的真相，生活的真相是存在在那一群不會寫或寫不出來的人的心中。他們代表著一種生活質樸與大地土壤接觸的真相。他們不會用寫的，他們用說的、用唱的、用舞蹈的，但下一秒就變化消失了……表現真相。

如果文字代表的是智慧，無文字代表的，我想說是心靈。智慧說得很多，想得很快，寫得很快。心靈慢慢的、鈍鈍的，無條件無利害關係的，怎麼都說不出口，說不清楚。

這是一本靠近心靈的文字，質樸無華。不理睬心靈很久的人恐難明白那語法怪異措辭特殊的文字。沒辦法，野蠻人（還理直氣壯且怒氣沖沖的）說，「我只懂得五十個字！」，必須藉用大家懂得的文字去寫他無法用文字表達的東西，雖然他已經用木頭表達了許多，但那精簡的線條，抽離具象事物的抽象形制，甚至比那語法怪異措辭特殊的文字更難讓人理解。

為什麼這麼難理解？因為族語與國語的……性情不同，於是當國字寫上「跑來跑去」只能說明動作，寫成羅馬拼音的族語「sacikaycikay　san」不僅表達動作，還表達忙亂興奮的心情與臉上雀躍不已的愉快表情。文章裡，Rahic忍不住邊說邊寫的，寫上sacikaycikay　san，又不放心寫上「跑來跑去」，但他最希望的是那看字的人能流利講出族語，那就連說出聲音的人的情緒也能體會了！

為什麼這麼難理解？因為文化差異與生活環境不同，於是會吃檳榔的阿公要帶著小刀（古時候的檳榔不是一粒一粒事先處理好的，是自己隨身攜帶小刀處理自己要吃的檳榔），而且與聖經（檳榔袋，或稱情人袋，但實際是alofo，是古時男人習慣背在身上的小置物袋，上教會帶聖經，聖經當然也放在alofo裡了）放在一起。再舉一個例子，「那個老人說故事的笑話」是有其生活與文化背景的，部落裡若是有人過世，不論是年輕或年長的，族人親戚除了從頭到尾協助喪家處理喪事，每晚也會陪伴喪家守夜至清晨，漫漫長夜裡，老人們或說故事或講述古老時代裡聽起來如神話般奇妙的人事物，我們稱之為pa kongko，是每個夜晚除了吃東西、致詞、準備隔天的事務等等這些瑣碎事情之外，令人期待的，尤其是某些個性詼諧善於講古的老人，總是會從正經的講古開始，然後不可壓抑的講起某些人的某些趣事，替現場的哀傷氣氛帶來溫暖的笑容。

　　當然，除了以上這些原因，為什麼這麼難理解？還有其他更隱匿的原因吧……因為自傲的偏見，因為害怕失去比別人高一等的階級，因為害怕苦難降臨，尤其是在那麼精光閃閃漂漂亮亮的時代裡，所有的人都希望脫離苦難、貧困，走向方便、舒適、富裕。但這是一本要與風雨搏鬥過，要與體力極限戰過，要誠實面對恐懼、流過汗、流過淚，而且醉過的人……最起碼要接近過土地的人才能懂得的一本書，如果你不曾像他們一樣身體力行的接近過大自然，你可能也無法明白了。

　　書裡的Mangli依舊酒醉，依舊每天推著獨輪車往田裡去（用他那雙不知道酸痛擅長跑步的腿），依舊一人在海邊礁岩上悠悠的凝視著翻來覆去的海浪，微微搖晃著身軀踏著輕微的舞步，吟唱自年輕時代一直到老的歌謠，歌聲輕揚在風聲與海浪

聲裡，揉在一起；書裡的年輕人依然……哇，很難形容，說困頓有樂觀，說摸索也明白，但愛往海裡去潛水射魚是無須任何形容詞的；親愛的婦女同胞們，如太陽光芒般風情萬種……他們每一個真誠實在活過的、或是活著的人，土土的出現在書裡，如實平凡的生活在這塊泥土地上，所以呀，文字才會以如此你我不習慣的方式呈現，因為你我離開土地、海洋太久了。

當然，書裡也寫了其他許多的：一部分屬於這塊土地的歷史；影響Rahic極深的，一年見不到幾次面也說不上幾句話的老頭目；形塑部落環境與人文的大自然裡的山林、溪谷、海洋、颱風；心裡想著過去但是活在現在的種種困惑、渾濁與不確定；Rahic的成長、體悟與藝術創作等等。這麼多不同範疇的篇章，或長或短，或以詩、散文，或以近似短篇小說的形式書寫，皆是企圖將部落族人的生命樣貌、信仰價值、思想情緒與處世態度等等，以文字的方式做細緻呈現，同時藉書寫過程進行自身反省。

文本書寫如同母語本身，承載部落文化擁有的一切，也幽微隱晦的隱藏個人的思維與靈魂。或許也該感謝Rahic不完整的漢文教育與極為完整的族語教育，讓創作者與創作環境之間保持同等的平視態度，與部落生活緊密連結，用字遣詞輕鬆易懂，書寫筆調質樸溫暖。因此，不論Rahic是用Pangcah語法的國字或是用Pangcah語的羅馬拼音再加上國字的解釋進行書寫，對文字型式的創作而言，因為以前沒有，未來也不一定有人能繼續，或是發展延伸出更能精準傳達族群文化的書寫創作，不論如何，這樣的嘗試都該鼓勵與肯定，因為這對一個地區多采多姿文化素質與內涵的呈現皆有極大助益。

書寫過程中Rahic也面臨許多掙扎與挑戰：如何將Pangcah口語敘述裡飽含詩歌的音韻與意境之美的精華保留，如

何將質樸無華的在地人文特質表現出來，如何將語言與文字之間的差異，以及文字與語言作爲傳達情感媒介的不同效果之間的距離拉近；一直是Rahic企圖努力的。但距離（想像的、心理的、現實的）似乎很難用單一方法拉近，若是搭配影音、圖像，或任何可能的方式，讓人經由閱讀閱聽的過程，體悟不同文化裡的不同族群但同爲人類的共同命運，是Rahic一直嘗試不同創作形式的原因，只希望能將不同文化裡可以互相增添光彩的精妙智慧讓大家分享。也許這正是創作之所以吸引人之處，因爲永遠有可以嘗試的面向，永遠有許多可能，並隱藏無限的挫折與繼之而起的勇氣。所謂人之所以爲人的道理，這大概也是其中之一的要件吧！

　　雖然眞是辛苦，但能一路看著Rahic從困惑不定的而立之年邁向不惑的成熟穩健，仍是覺得慶幸欣喜。只希望在未來更長更久的創作天地，他能一直擁有原初那樣的野生力量，像肆無忌憚的蔓藤植物那樣，不論烈陽灼日或是大風大雨，也許憂鬱困頓或是痛苦煎熬，也要一直綠綠的、無限往外延伸的持續生長，發出野地裡的聲音。

梁琴霞

目 錄

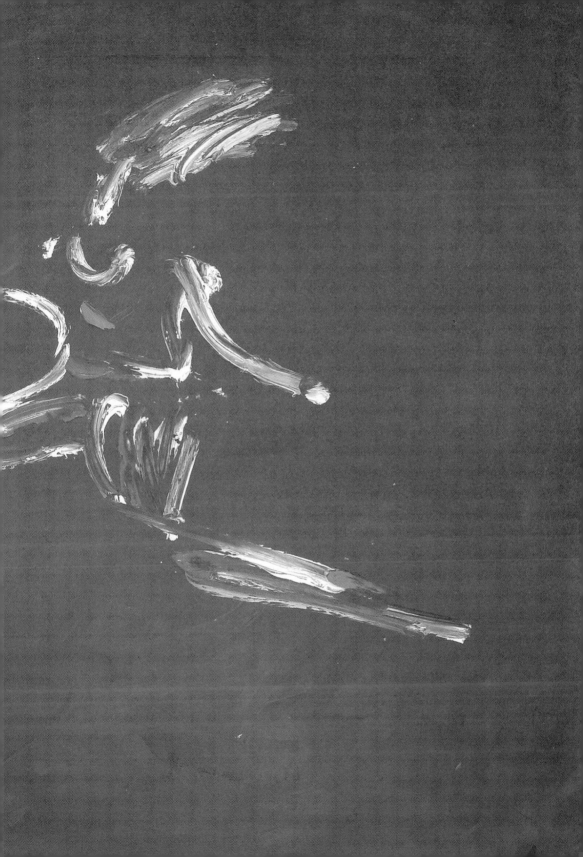

280×150×260 cm

lingato
緣起

Imalahedaw ko finaolan a minengneng to niyaro

nengneng no finaolan caay katama ifaloco

mipili ko finaolan to nengneng caay kadocong i alomanay

mafasiyaw ko tamdaw no niyaro a minengneng to tireng ningra

caay kadodo no finaolan ko rakat no toas

mapawan to ko finaolan to no tiyaho a kakawaw

ikor no matoasay caay kadocong ko aniniay a wawa

caay pakatoor kita to fana no matoasay

safalocoen ko harateng ita minengneng to kitanan ito

maainiini kita to fana tama leko haratengen kita

papelo ialomanay tengilen kono alomanay a faloco ta telek ko demak no finaolan

oya citodongay to fana no finaolan dipoten ko mafokilay limooten ko fana ta malekal ko finaolan

ini ko kalac no niyaro ko saka fana tono toas

tireng no faloco no matoasay ta mafana kita to no toas

aloman toko wawa no niyaro tayra i maraayay a matayal a mapawan toko remak no niyaro

mahawawina ko ilomaay a matoasay a miharateng to maraayay a wawa

maroray ko maraayay a wawa miharateng to ilomaay a matoasay

iloma ko matoasay ipapotal ko wawa maroray samaenen sidait ko niyaro miharateng

caay ko tayal ko mirorayay to wawa ini kakemangay

ningra ato matoasay ko miharatengan ningra ko mirorayay

matomihakenoay ito cingraan ito sidait cingra tomaraayay a wawa

caay kopaini ningra remak no toas amatawal ningra ko niyaro

tengilen ko faloco tamatama ko lalan no matoasay ta marayray ko daoc no niyaro

ini pakayra paka cilangasan paka cepo ko nengneng ta misiayaw to kakacawan

matama ko katomirengan no mita

matomasonolay a kilang
nai alolongay a alo ko lingato
awa ko pinang to rakat
awaen no nanom caay kasonol
ano tataak ko cedas a masonol
taayda madaayay a diyar
maala no likdkid
mafokilay to katomarekan
sonol san sonol
taiyra maraay alolongay awamaadaaw
maaraw ningra ko kaodipan
caay pakahatira ko cedi
masonol iho
mitala to tataakay a tapelik
maerac iho

Rahic Talif
拉黑子·達立夫

像漂流的木頭

從深谷裡開始

沒有一定的方向

沒有水不會流走

大水漂流

到很遠的大海

流水帶著走

不知道停住的地方

不斷地漂流

去很遠的　很深的　看不見的

看見自己的生命

卻沒有能力

還在漂流

等待大浪

卻退潮了

ABCDEFG
a b c d e f g

HIJKLM
h i j k l m

NOPQRSY TWYZ
n o p q r s y t w y z

Z

T

t

ABCDEFGHIJK
a b c d e f g h i j k

LMNOPQRSTUV
l m n o p q r s t u v

WXYZ
w x y z

nano kaemangay
兒時

等不到的明天
哭不完的自己
好大的太陽
好濃的煙
等著拿夾縫裡的一塊錢

做釣竿

koya kaciherangan一樣的季節，路邊的雜草開始枯乾了。

家家戶戶 mamin to mipanay. 都在割稻。koya wawa nengneng hanira ko riyar tingalaw. 風平浪靜，海洋非常清澈。小孩被這個平靜的海深深吸引。

apatiker ito ya wawa tayra i kakacawan miala to erir. 小孩子紛紛跑到精神山上Kakacawan，準備做釣竿。

o tekes ko erir ningra. 釣竿都是用箭竹做的。 alaya wawa to hociw tayra i lotok amiala to tekes. 孩子們跑去Kakacawan 用荣刀去砍、去挑。

每一個孩子都專心地選擇他要用的釣竿。ma'ikesay要找老一點的，maherek mipitpit. 把枝幹全部削乾淨，tayra to isalawacan no loma.小孩子就會跑到旁邊的家裡，準備燈火 midawdaw 這些釣竿。

koya 本書內所有羅馬拼音書寫的文字皆是港口阿美Pangcah族語，港口阿美族人自古以來即稱呼自己與自己的語言為Pangcah。

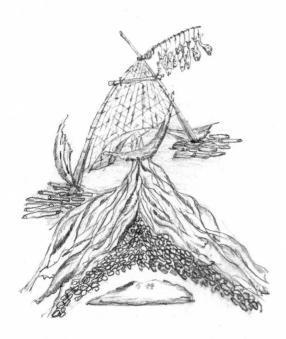

tata'ang ko hakhak no cidal

tataang ko cidal ato hakhak toor saan caay katoor koya matoasay.

toya dafak nai loma amisooy tayra ikaminaw.

ya matoasay amidois to tafo uya tafo u hakhak u satafo upalo' maparo i sofok.

uya wawa sapiucilan ya matoasay sowal saan ciapa maraay kolalan nengneng ko cidal tata'ak mamaan i loma ito.

midipot to safa no tireng pitengil haw mafana ito awaawaay kolimaw no matoasay.

ano caay pitengil ama sapedec ko ya wawa.

收割之後

maherek to ko matoasay a mipanay caciyaw tosa pakelang to sakatosa aromiad. 稻子都割完了，老人家談起 **pakelang**，要把自己這幾天割稻的污垢，跟caheni稻子裡面留下來的刺痛，全都清理乾淨，以及豐收。那裡的人都在談，小孩子依然在周遭裡喧嘩。

天氣非常晴朗，海邊非常的深藍色，所有的海洋非常乾淨，一群孩子在正中午的時候，全跑到海邊游泳，游完了，一群孩子又跑到梯田裡，把割完剩下來的稻子，一個一個拔起來，在那邊互相丟來丟去，sacikaycikay san跑來跑去，一個梯田一個梯田的玩。

很多稻草丟在那裡，有的是平放在田埂上，有的是割下稻子把米全部弄掉之後綁起來，一個一個地放著，排列的方式很像人一樣排隊著。每一個稻穀割完丟下的，也一樣排列得非常整齊，小孩子就在那個地方玩。

割完稻子的梯田地，全部會乾掉，所有的田都有裂縫，稍微動一下稻草，小青蛙就會跑掉，跑到土地的縫裡躲起來，孩子就想盡辦法挖掉土，把青蛙綁起來。一群孩子全一樣，有的是互相追逐，有一些女生就去找一些可以填飽肚子的，因為接近傍晚了。

一群小男生就在那邊推來推去，有的說你已經被我打到了，你應該要死掉了，有的說還沒有，是我先打到你的，玩來玩去。

pakelang 海祭的意思，但此海祭不同於每年春季部落舉行的海祭（misa cepo'），這是一種家族性或氏族性的海邊聚會，常是在大家忙完一件重大事件，譬如：插秧或割稻、婚事或喪事、蓋屋或整地等等之後舉行的儀式，意味著一切舊的，不管有多辛苦、多快樂或是多痛苦都將結束，從明天開始又是新的一天，大家因此聚在海邊抓魚、野餐，迎向明天全新的一天。

一會兒，這群小孩已經來到雜貨店門口喧嘩，談的是待會兒要做的事情。談著談著，突然間一個小孩，已經從雜貨店的門外跑出去，所有的孩子看著，也跟著去，很快速地跑到部落的精神山旁邊的梯田，小孩子就在梯田上玩追逐戰。Kakacawan 是小孩子常玩耍的地方，一直是小孩子的記憶。

　　天氣非常晴朗，剛割完稻子，部落的人都忙著要辦海祭的事情了！

Rahitzu
1999

跟不上自己的哭

　　mi'ocil to kora wawa. 那個小孩子又要跟他的母親，他的媽媽非常地煩。

　　他還是要跟。母親踩著快速的步伐，走在彎彎曲曲通往海邊的路上，很快就看不見人影了。孩子的哭聲卻愈來愈大，走遠的母親幾乎已經聽不到他的哭聲了。

　　太陽這麼熱，打著赤腳走在草皮上，走到彎曲的路已經轉彎的時候，孩子一看，嗯！母親已經見不到人影了。哭啊哭啊！哭了好久，哭到幾乎已經忘記了為什麼要哭，坐在地上，兩腳推著泥土，吵著希望媽媽趕快出現。

　　突然間，孩子的眼睛注視著某個地方，他好奇的走向他注視的位置，開始玩起來了。

　　他拔下一個**karopiay**，坐在那兒吃起小果子，滿臉滿嘴都被果子的汁液染成紫色。他幾乎已經忘了剛剛發生的事。他拔了好多karopiay，摘掉小葉子，把小果子放在小葉子上，用手握著。那個小小的手只能握一小部分而已，他不斷的把果子塞進嘴裡，專注在拔果子吃果子的這件事情上，幾乎忘了他要跟著媽媽的那件事。

　　而媽媽呢？也早已經忘了孩子要跟隨在她後面的哭聲。就這樣，一個鐘頭、兩個鐘頭，孩子坐在一個fancalay a lakaw.坐在那個的草皮裡面，坐著，然後躺著，忽然間，躺著，睡著了！一個小時、兩個小時，母親也要回來了。

　　回來的路上，孩子還在睡，母親拿了很多很多的菜，像地瓜葉呀，tatokem呀。她都是集中著菜，背著，扛著，因此擋住了視線而看不到四周的東西，只是低著頭往回家的路上。

karopiay 植物名，小果實呈紫色，澀澀的，可食用，孩童喜歡採來當零食吃。

孩子也一樣，還在睡覺， foti sa mafoti. 孩子睡的樣子，四腳朝天，手上原本緊緊握著的mamet to karopiay，也鬆開了。

　　也不知道過了多久，孩子被涼風吹醒，醒來的時候已經是傍晚了！孩子東張西望，心裡納悶著，怎麼會在這個地方？他立刻爬起來，東看西看，很快就想起來了……媽媽呢？又開始哭了！這會兒他又忘了他去撿matawal　ko karopiay的事，但是他哭的時候，感覺嘴巴澀澀的，因為滿嘴都是紫色果子澀澀的味道，adihay mikaengnan a karopiay. 他吃了太多的果子，不過他還是沒有忘記要找尋媽媽的這件事。

　　於是，小孩快速地跑到田裡，跑到媽媽的菜園，一看，媽媽也不在了，哭的更大聲。怎麼辦呢？媽媽－媽媽！ina－ina－ina！真的沒有人回應，自己累了，只好慢慢地走著田埂，走到彎彎曲曲的小徑路上，一面哭，一直叫，「我的ina在哪裡？」

　　不知不覺已經走進部落了，距離家裡還有一小段距離。

　　「要穿過部落的小巷，會碰到許多小朋友在那裡玩耍……」小孩心裡想著，決定找一個地方把自己躲藏起來，繼續一面哭一面叫著，因為待會兒回到家如果沒有哭的話，孩子心裡總覺得不好。

　　走啊走啊，看到媽媽的時候，小孩哭得更大聲。媽媽只說了一句話，「ci apa！」媽媽說，「你這個傻瓜，不是已經回到家裡了嗎？你還哭什麼？」小孩楞楞地站在那個地方，媽媽也沒時間理會他。媽媽忙著去餵雞餵豬。

　　小孩站在原地看著媽媽，肚子也餓了。媽媽開始煮飯。孩子看著媽媽在煮東西。

心裡的夾縫

ya mata noya wawa, naifakelal pasasera ko nengneng no payci.孩子的眼睛從藤床上往下看去尋找一塊錢，他找啊找，終於發現這個位置，剛好是衣櫥下方的前面。

他把藤掰開，手伸下去抓，但是抓不到，而且也沒辦法伸得很下去，因為掰開的藤會收回來，有彈性，沒有辦法繼續往下，小孩子的手也被夾住了。

孩子想了另外一個辦法，他要去找另外一個東西來幫忙。他從藤床上跳下來跑出去，找了一根棍子，一定要用桂竹folo的棍子，而且要將桂竹的頂端稍微劈開，這樣才可以夾住一塊錢。

孩子又爬回藤床上，慢慢的往下看，因為是密閉的空間，所以非常的暗，只有透過窗戶的光線，但是小孩又不敢把窗戶打開，怕被人發現。

這個時候所有的人都去教堂了，ya wawa i matalaw kalah sama kalah a miala to aalaen ningra a payci. 孩子其實非常擔心，也非常緊張，害怕到教會的人要回來了。

小孩又擔心要拿的錢夾也夾不住，於是他又想了另外的方法。

「是不是可以從藤床下面放脫鞋的位置……」那個位置有一個小門，孩子將門打開，整個人想鑽進去，但是糟糕，進不去！想要將已經鑽進去的頭再拔出來，更是困難。

就在那兒，小孩子一直拉一直拉，往後退，想要將頭拔出來，還是被卡住。他的耳朵被夾住了。這時，想不出任何辦法的孩子，忍住痛將頭側轉，終於拔出了頭。小孩還是不願意放棄，因為待會兒所有的小朋友會在一個雜貨店集合，要買自己

的alidama，一種有很多顏色，很多白糖沾在上面的西瓜糖。

　　小孩子想盡一切的辦法，拚命的夾夾夾，還是一樣夾不到，他夾了好幾次。突然間從外面傳來的聲音，遠遠的可以聽到，gen－gen－gen－（神父摩托車的聲音）神父來了！從斜面馬路上的雜貨店就可以聽到神父的摩托車聲音，這個摩托車是Susuki日本車。聲音終於靠到這個窗戶的牆面上，還聽到神父的動作：從摩托車後面的位置將皮包拿下來，把安全帽放在摩托車上面。

　　小孩在這時milimek i ciiw ciiw wan notanso. 躲在衣櫃的角落裡，全身發抖。一會兒，神父離開了摩托車的位置。孩子還楞在那兒，猶豫著是不是要繼續把那個一塊錢夾上來。孩子這時非常緊張，很想要放棄，又想，「是不是到另外一個房間裡面，那個房間是阿姨的房間……」是他媽媽的妹妹的房間，這個阿姨的生活狀況比較好一點，常常會有一些錢從她的籐床上掉下來。「所以她有能力照顧神父，神父可以在她家吃飯或是過夜。」小孩就在那兒想著想著。

　　「這樣好了！看是不是要到阿媽的房間裡，但是呢……」傳統阿美族的房子裡，阿媽的房間總是最角落、最隱密的地方，在這個家的後側方，阿媽房間的味道很重，比其他房間更暗。於是他想辦法將阿媽床邊的木窗戶打開，輕輕地打開，全身趴在床鋪上，開始一個籐一個籐的往夾縫裡面望下去。微弱的光線，其實是看不到任何東西的。孩子又坐起來，想著其他的孩子是不是都已經到雜貨店了，他們的錢是不是都已經拿到了。

　　ora wawa sa harateng rateng saan. 孩子想著想著：不然的話，還是到阿姨的房間吧？孩子又跑進阿姨的房間，爬上籐床趴著在

那裡找，minengneng cingra awato matama ningra. 但是一直找不到。i cowa to hakiya？

孩子開始擔心了，明明就在這裡！

其實剛剛神父來的時候，他一緊張就把那個碰到的錢，慌亂當中又移了位。他輕輕的把窗簾打開，但是窗戶沒開，那個窗戶的玻璃是模糊的，光沒那麼強，於是他將窗簾慢慢打開，兩邊開，再用繩子綁住窗簾。

孩子已經很急了，他又快速的從每一個籐的夾縫裡往下看，其實他已經將錢撥到邊邊了，於是他又把籐床鬆開，一直推一直推，每一個綁緊籐的距離大概60公分，很用力打開，因為籐的彈性，掰開的籐又很快的會夾回來，恢復原來的樣子。他想盡辦法：坐著，用手把籐掰開時，立刻用小腳的後腳跟卡在夾縫內，頂住，同時彎腰檢查夾縫下的地面是否有錢。這樣的動作其實很不舒服，但是為了要拿到一塊錢，這個孩子竟慢慢地往下，這麼往下彎腰，一壓，他頂住掰開的籐條就彈掉了，又卡住了。

因為這個錢掉在那兒已經很久了，上面沾著許多的砂石塵土，錢的顏色變了。慢慢地，錢慢慢地被夾上來了。孩子的心情非常愉快，心想待會兒這個一塊錢可以買lima alidama，可以買五個糖果。

沒想到錢拿到手上的時候，他跑到光線比較強的地方，把錢放在手上揉著，用手擦一擦錢上的灰塵和鏽，看起來好像不是一塊錢。於是他又把錢放在衣服上磨磨磨，一看，沒想到是五毛錢！

孩子在那時想，「糟糕！五毛錢能買幾個呢？等下我買了，妹妹弟弟一定會跟我搶——還是不行。」於是，他把五毛錢放在小口袋裡面，從床上跳下來，跑去看客廳裡的鐘。這個鐘是黑色長方形的，懸掛在柱子上。整個屋子被煙燻得黑嘿嘿的。

他看著鐘，好像已經快九點了。他記得minokay ko matoasay. 十點半到十一點，是老人家從教會回來的時間。nengneng haningra ko ratoki. 還沒到。看著鐘，「應該還沒有，才九點多。」小孩想一想。

「hatini ko rapayci omaan ko sakaedeng ako.」孩子想，「我的錢就這麼一點點，怎麼夠呢？」

他又跑回房間，全身趴在籐床上，從邊邊，也就是從隔間用的拉門的邊邊，從那個地方開始看。他已經不考慮這麼多了，他又爬起來乾脆把窗戶全打開，光線更強，就從那個地方開始一直找一直找。剛好！他找到的位置好像有一個比較大的錢，那應該是一塊錢吧？

這個一塊錢的位置是二阿姨跟奶奶的隔間的裡面，那個隔間的位置結構比較複雜。他想盡辦法把那個籐床拉開，但是拉開的空間又非常的小，這麼小怎麼辦呢？用雙腳推開也沒辦法，於是他又想了一個方法。他把編織籐席固定的某一個部分切斷，那是不是會更好？這樣他就可以拉開了！

「刀在哪裡呢？」想一想，他又跑到奶奶的房間。阿公會吃檳榔，檳榔袋裡一定有小刀。他去找那把小刀，awa matama. 找不到！原來阿公去教會了，他連檳榔袋跟聖經裝在一起，背著檳榔袋到教堂去了。

他想了一下，「怎麼辦呢？」

他又從後門，推動後門的聲音特別大，門又重，他一打開，門en yo——的聲音很大，他又輕輕地，怕被人家聽到，從後門跑去廚房。ira ko pitontonnanto kakaenen no fafoy. 廚房的側邊是專門切地瓜葉和餵豬的位置，也是放很多柴火的地方，那裡有一把大刀，那個刀大概跟孩子的手一樣長吧！

拿著這把刀，他從後門跑進二阿姨的房間，開始切斷籐。他真的切斷了！把刀先放在旁邊。他開始想，怎麼把那個一塊

錢夾起來——但是怎麼夾都夾不起來。

「是不是這個陷阱有問題？」他又想。確實，因為那根用來夾一塊錢的桂竹前端已經裂開到中間了，角度的力量不強。

小孩又跑到外面，從竹籬笆上重新拔一根桂竹出來，用石頭敲開前端，再做一個五公分寬的結構在這個小竹子上，可以頂住裂開的兩邊竹片，做完之後，他又跑回房間，爬回原來的位置，慢慢地調整好角度，一壓，哈！真的是夾住了！慢慢、慢慢的，一夾，真的是一塊錢！

小孩高興極了，將錢放進口袋裡，就跑到雜貨店，用跑的！遠遠的就看到這個雜貨店的老闆。老闆的名字是Poroh，意思就是斷手的老闆。這個老闆的身材碩狀，不高，常常穿著背心，他講的話，孩子聽不懂，因為他講的是阿兵哥退伍的話。

小孩把一塊五毛錢給他，手上有八粒的alidama。糖果就用有文字的紙張包住，放在口袋裡面。一群小孩子在那裡，弟弟妹妹也早都在那個地方等他了。

這時雜貨店旁邊，教會裡的聲音突然停住了！一群婦女，阿姨也在旁邊，姨丈也在那裡，神父也在旁邊，rakat saan cangra minokay. 他們正走在回家的路上。小孩都愣住了！

「糟糕！我把窗戶打開了，窗簾也掀開了，更重要的是劈柴火的刀，也還在二阿姨的房間裡，怎麼辦？」孩子想。

於是孩子從一群老人的背後穿過去，快速地跑回來。他跑的方式又不順著一般進出的方式，他從其它的路，要越過地瓜葉田，然後從菜園後方進來，因為他去菜園拿刀的時候，根本沒鎖後門。他就從後門進來，趕快把窗戶關上，把窗簾放下，把籐床切斷籐的地方調整成看起來跟原來的一樣，拿著刀，從後門出來。他又愣了一下，怎麼辦？要不要關後門？因為這個門的聲音很大，他慢慢地搬——糟糕！他竟然把自己反鎖在裡面了！

這個孩子已經很緊張，來不及考慮這麼許多了！他把後門打開，從後門的外面把門推好，關上。很快速地跑到劈柴火的地方，把刀放回原來的位置，再順著他原來偷跑回來的路線，回到雜貨店裡面。孩子站在那兒顯得很累，一直不停地喘氣，一直喘一直喘，macahcah koya wawa。

　　接著，這一群小朋友就開始談糖果的事情了。

　　突然，有一個鄰居的孩子問，「你的糖果怎麼那麼多？你的錢從哪裡來的？」

　　這個孩子說，「不能告訴你，這個是我媽媽給我的！」

　　「嘎？不能告訴我？是你媽媽給的！」

　　這樣的事情常常發生，總是讓這個孩子從最初的緊張到最後的快樂。

　　每次，這個孩子除了上教會之外，其它會去想的事情都是阿姨家籐床下的銅板。哈哈……

找不到的餓

　　小孩子走在放學的路上，非常餓。

　　每次到禮拜六中午放學回來，沒有帶便當，小孩子背著書包，走起路來特別沒有力氣。

　　大熱天的中午非常炎熱，路面非常燙，所有的馬路都是石頭路，看到有一些人是靠著右邊，踩著有草皮的地方走路，但是會刺人的含羞草又很多。

　　yakaka ningra harakat sa romakat. 小孩子的姊姊走得很快，跟不上她，小孩很想說，「姊姊呀！你幫我拿書包好不好？」但是排著的路隊不可以隨便離開。走到一半，看到了部落的精神山Kakacawan，部落的第一個雜貨店也愈來愈近了。

　　safaedet sakolalan路面非常燙，小孩子又餓又渴又熱，小孩子忍著走到部落，到了部落的第一戶人家是個雜貨店，ira komicomoday mi'aca to piyang. 有的孩子就跑到雜貨店去買東西。

　　回到家裡，小孩子把書包丟到旁邊，立刻跑到廚房。廚房的空間很狹小，paror就是爐灶，佔了大部分的空間。爐灶是用三個石頭疊起來的，鍋子平放在上面，總共排列了三個。鍋子一打開，沒有飯，廚房的樣子好像沒有任何一個東西可以吃，只懸掛著很多蒜頭。

　　從廚房進門裡面，是平常吃飯的地方，一個矮桌子，幾個小板凳，桌上只看到辣椒跟醃過的lokiyo，其他什麼都沒有，火爐就像沒有任何東西可以給你吃，爐上根本沒有火，父母親也沒煮飯。

　　hirateng sakora wawa. icowa to ko ina ako sanho miharateng sakafirangan sato. 小孩子非常的餓，想到媽媽又不在，桌子上什

lokiyo 野菜名，又名鹿喬。

麼東西都沒有。爐灶的上方，燻黑的屋頂，只懸掛著曬乾的蒜頭。每個鍋子打開，都沒有任何東西。他又翻翻pakaysingan放生菜跟碗筷的櫃子，裡面也沒有任何東西可以吃，小孩真的不知道怎麼辦。跑到屋子的裡面——姊姊剛剛還在，怎麼姊姊又不見了？

小孩子的家住在部落的最下面，家裡很小，前面三百公尺，就是海邊。小孩子從廚房裡面走到房子外面，都找不到姊姊，又出來，什麼人都沒有。小孩子決定用最後的體力走到部落上面。路非常的小，穿梭在小水溝旁，水溝裡有很多東西，小孩子被吸引了，蹲在那兒，看著水。四周都是草叢，有很多的月桃、芋頭，還有一些大樹木在旁邊。他摘了月桃、芋頭之類的葉子，在小水溝旁邊玩一玩，玩到一個人也覺得無趣了，又走向部落，越過精神山 Kakacawan。

Kakacawan 非常高，已經有很多哥哥姊姊們在那兒玩。遠遠地他看到雜貨店，姊姊好像在那兒玩橡皮筋，好多小孩子，大部分也都是姊姊帶著自己的弟弟妹妹。小孩子看到他姊姊了，忍不住自己就先哭了起來，一直哭，哭到姊姊的旁邊，姊姊也不理會他，一直專注著玩自己的橡皮筋，解開的時候用手指頭張開，張開的時候……姊姊根本懶得去理會這個愛哭的弟弟。

雜貨店旁邊也有另一群小孩子一直在叫他，雜貨店的外面非常寬敞，很多小孩在那邊玩。有的玩土，把土集中起來，稍微弄成碗的造型，接著撒尿在碗裡，等土吸乾了，濕的又慢慢陰乾，碗一個一個的排好。小孩因為自己剛剛還在哭，也覺得不好意思，於是其他的小朋友也不理他。

沒辦法，他又走回雜貨店。幾個姊姊們還是一樣，在那邊綁他們的橡皮筋。雜貨店的右邊，是外婆家，不曉得外婆那裡

有沒有東西可以吃。走啊，走到外婆家。外婆的房子非常大，面向精神山，廣場也很大，前面有一個菜園，種了一些木瓜和一些其他的水果，野生的番石榴。hirateng sakor wawa, ira kora tefos, alahan, sako harateng. 看呀看呀！都沒有東西可以吃，都是地瓜葉。小孩拔起地瓜葉，看看有沒有地瓜可以吃，最後還是放棄了。

　　pasayra ikor satokora wawa 小孩子又走到房子旁邊，所有的門都關著，小孩子不敢進去，就從窗戶偷看。他看到阿姨的房間，看到衣櫃，衣櫃的門上有鏡子。又走到左手邊，裡面放柴火，地上都是泥巴。小孩子又回頭去找姊姊，走到雜貨店，姊姊竟然不見了！但是有一兩個小孩子在那邊komaen to alidama 吃西瓜糖。

　　小孩子又從另外一條大馬路走下去找姊姊，走到家裡，姊姊還是不在。決定找了一個地方坐下來等，坐著坐著，睡著了。

　　原來姊姊去趕鴨子，因為鴨子被母親放到海邊靠水溝的地方。

　　好一會兒，姊姊趕著鴨子回來了！孩子聽到鴨子的叫聲，看到姊姊的時候，馬上又哭起來！

　　「你一天到晚哭哭哭，有什麼好哭的，你不會去餵雞呀！姊姊待會兒還要去剁雞要吃的東西──你一天到晚就是哭！」姊姊說。還是一樣不理會小孩子。

　　小孩子跟著哭到門邊，哭到自己沒辦法了。

　　姊姊根本不理他。她把鴨子趕進雞舍裡，又忙著去剁雞要吃的東西。

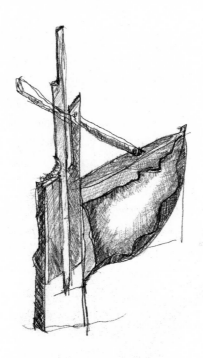

很怕跟不上的明天

慢慢地，部落的人開始在家裡生起火來了。

唉呀！aya malifes to kita sa komatoasay. 老人說，「malifes kasinewan ito.我們要進入冬季了！」，老人說，「malifes kasienawan的，我們要進入冬季了。」

toya dadaya, alangirongiro koya matoasay小孩子靠近火，非常非常地靠近。他仔細地看著每一個老人的眼神。屋內的燈光微弱，生著火，都是煙。

小孩子的臉ngetec mingetec.他閉起眼睛，雙手遮著臉，mitengil to kongko no mama ato ina. 聽著老人的對話。

「唉呀caya kasienawan ito adihay tokodamay ira to ko linalin ira to ko kakotong！」媽媽說，「開始有**青苔**了，有黑的有藍的，有綠的……還有**榕樹菜**！」

「ko adihay a damay i karanaman」她更有精神地說，「**人定勝天**那裡，**damay**被打起來的時候，比較沒有石頭。」父母談著話，小孩靠進媽媽的懷裡。

tokatok sakora wawa.東北季風從蘆葦梗牆面的縫隙吹進來，真的非常冷。小孩子的家是部落裡面最東邊、最旁邊的一戶人家，風非常大，加上海浪的聲音，小孩幾乎睡著了，他的父親說起話也都結巴了。

父親用還沒燒過的木頭把面前的火堆動一動，可能動作太大了，煙都跑上來，不斷地往上跑。孩子也清醒了。

「kafotito matokato ito.」母親說，「去睡覺了！你想睡了，還不去睡？」

孩子馬上很正經地搖醒自己的精神。

ngetec mingetec 形容孩子的臉被煙燻到整張臉都皺起來了。

青苔 每年的東北季風會為部落沿岸帶來各式不同的潮間帶植物，是族人冬季採集食物的來源之一。

榕樹菜 潮間帶海藻類植物的一種，也是族人所謂海菜的一種。

人定勝天 石門南邊沿岸地名。

damay 潮間帶海藻類植物的一種，也是族人所謂海菜的一種。

「還沒有想睡！」小孩子說。

孩子抬頭一看，煙燻的，還有灰，夜晚的屋頂更黑了。小燈泡微弱的光線沒有辦法照到全屋子，孩子抬頭往上看也只能看到樑柱，全是黑的樑柱，看到老鼠跑來跑去，所有的茅草也燻黑掉了。

孩子一直盯著往上飄的煙，滿屋子都是煙。煙在屋子裡緩緩地移動。

他聽到老人家講著隔壁鄰居的事情，東北季風伴奏似的從牆壁隙縫裡穿進來。孩子依然專注的看著煙帶上來的煙，不斷地往上跑。好大的煙，整屋子都是。小孩子注視著移動的煙，環繞在屋子裡。大家都睡了，聲音慢慢減少，父親跟母親的對話也幾乎已經停止。三個人在那兒聽風闖進來的聲音，還有刺骨的冷。有一點海浪的聲音也不斷地拍打岸礁。

母親忽然說，「我們去睡了吧！」

「limela konalamal.」父親說，「這個火很可惜！我先坐在這裡，把火弄得差不多了，我會去睡。」母親很快速地離開位置，因為那裡真的非常冷。小孩子低頭看著火堆，頭低低的，其實已經睡著了！

「kafoti to tato tato sienaw mamaan i parok ito.」父親突然很大聲地說，「走走走，躲到棉被裡面不是很好嗎？」孩子迅速起身跑進房間裡。

「mafoti to kako.」媽媽說，我去睡了。父親沒有回應。

父親繼續在那個地方等火，火的熱力慢慢減少。父親不再去動火爐，就這樣，父親也去睡了。

molowad tokoya matoasay.隔天一大早父親就起來，misakaranam kora matoasay ningra.母親也是。matengil tono wawa ningra.小孩和其他孩子一樣在房間裡面，聽到媽媽用棍子起火的聲音。

　　misakaranam ko matoasay ya mama ningra maratar pakaeng to ya kolong.父親一大早就到田裡放牛，他的那把刀非常漂亮。

　　媽媽正在煮大家的早餐，煮完，廚房裡面全是煙。廚房的屋頂，也早被煙燻成黑色的，漆黑的。

　　天氣開始冷了，風很大，海浪的聲音聽起來像是要退潮了，不像昨晚的寧靜。海浪的聲音那──麼大聲。

　　媽媽煮的早餐是昨晚的剩飯，她摻著一些地瓜葉跟昨天的剩菜。媽媽要把所有的小孩子叫起來。

　　「maranam maranam ito fafoti mimaan？」媽媽說，「起來了！一直睡幹什麼？」

　　「mamaan maratar mafoti？」媽媽說，「嗯？如果爬不起來，明天就早一點睡嘛！」但是沒有一個孩子起來。媽媽還是一樣去做家事，快速的到溪邊洗衣服。家裡旁邊大約三、五公尺的地方，有一個小溪溝，水很乾淨，有一些小蝦，也是她的小孩們玩耍的地方。今天的水非常冰冷，洗衣服的時候她一樣在嘮叨孩子們怎麼還沒有起來。

　　「kalomowadito！」她叫著要孩子們趕快起來，「mamaan pakaeng ito ko 'ayam ato fafoy.」她說，「啊！趕快起來，去把所有的雞放出來，趕快去剁地瓜葉養豬！」孩子們還是一樣沒有起來。因為要做的事情還很多，媽媽使勁兒揉著衣服的手，幾乎忘記了水的冰冷。她用竹籃裝洗好的衣服，快速地從洗衣服的地方走向曬衣服的地方。

　　這會兒孩子們幾乎都起來了。大門邊放著一個小板凳，一個一體成形的ㄇ字形板凳，靠在用蘆葦梗做成的牆面邊上。小

孩子坐在那兒，還沒清醒，母親正在晾衣服，遠遠地看他。

「ciapa mamaan maranam kiso. 你這個傻瓜的孩子，趕快去吃早餐呀！」媽媽說。

小孩子遠遠地看到姊姊，已經在處理豬要吃的早餐，準備餵豬。媽媽也準備啟程到海邊。

「maranam.」母親交代小孩子要吃早餐。小孩子懶洋洋地跑到桌邊，他覺得桌上的菜跟昨天的沒什麼兩樣，新的是地瓜葉，其他的是昨晚的剩菜，有lokiyu醃的蔥，有昨天父親從海邊抓來的貝類，這些就是今天的早餐。

吃飯時，媽媽不停地嘮叨著小孩子，「anohoni tayra kako iriyar akapitour kietec ma'orad tata'ang koorad atofali.」媽媽說，「待會兒風很大，海浪也很大，天氣這麼冷，會下雨。你千萬不要跟！」小孩子的表情非常難過，不知道該怎麼辦？

父親吃飯的動作很快，雙手的指甲被煙燻得黑黑的，手上的紋路很深，皮膚很皺。他不時的把飯塞進嘴巴裡，又拿lokiyu沾鹽巴塞進嘴裡，動作非常快速。

小孩子沒什麼胃口吃早點，他心裡想著，「每天都吃這個，不是地瓜葉，就是這個lokiyu，要不嘛就是海邊的菜……」當他還在想著每天的菜的這件事情時，媽媽已經起身，準備好**sofok**背在身後。

「aka kiso pi'ocil nohoni kiso maranam solimeten ko taheka.」媽媽又再一次交代小孩子，「等一下你不要跟著我！吃飽飯把桌面的菜收乾淨！」孩子看了看四方形大概一百公分寬三十公分高的桌子，還有用刺桐木頭一體成形做成的矮矮輕輕的、ㄇ字型，大約二十公分高的小板凳，地面全是泥土。

小孩兒看著桌子，心裡想要開始清理，但是媽媽的動作太

sofok 一種長方形編袋，背在身後，古時用苧麻編，現多用現代塑膠材料縫製。

快了，她已經出發了！小孩子馬上跑去找姊姊。

「你趕快去吃早餐！」小孩子對姊姊說，「maranam ito！」
姊姊還在那兒剁地瓜葉準備要餵豬。小孩子才說完話，根本也
沒想要吃完碗裡的飯，跟著匆匆忙忙地出發。

母親順著一直流到海邊的小溪溝往下走。因為小孩兒的家
是部落裡最下面的一戶人家，如果要到這附近的海邊，部落的
人都得走這一條路。

下著毛毛雨，地上全是泥巴。小徑是按照自然地形成的，
有時小水溝本身也是小徑，因此要不時跨過小水溝。小孩兒的
動作也很靈敏快速，因為一心想要跟上母親。

「奇怪？怎麼跟不上？」小孩兒一面走一面想，「icowa to
koya ina ako？」我的媽媽到底在哪裡？

「hatira saan isasera ira koya uromaay acapa.」愈往下走，
小孩子又想，「奇怪，我的媽媽呢？」邊想著，小孩兒正停在
分差的路上。

打著赤腳的小孩兒，往前看，「母親的腳印到底是往哪
裡？」已經有很多部落的媽媽們走下去了。小孩兒在分叉路
上，邊看邊想，「哪一個腳印是我母親的腳印呢？右邊這個小
路上的，腳印非常多，原來路線上的腳印反而比較少，媽媽常
常都是往這個熟悉的方向……」於是他選擇了小徑，跟著。

小孩兒終於看到媽媽了！當他看到媽媽站在距離海邊大約
一百公尺遠的礁岩上，好像在瞭望什麼，又好像是在判斷什麼
地方適合去拿海菜。雨還是一直下著。整條路上都是樹枝，非
常茂密的草綑綁著海邊岩石上的小細木，東北季風來的時候，
葉子幾乎都掉落。小孩子遠遠地看著母親，又擔心被母親發
現，於是找了一個珊瑚岩洞躲在裡面，就在他躲起來的地方，

他發現了一個小植物**karopiay**。

　　karopiay這種植物會長果子，旁邊又有**aripongpong**貼著石壁，也會長果子。小孩子被這些植物的果實吸引了，他拔了幾粒果子之後，抬起頭，卻又看不到母親了，於是他馬上站起來，往母親原來站的位置跑去。yawa'ay saan cikay saan a comikay i karat karat caay to kaharateng no ya wawa_ko adada no waay 小孩子赤腳在礁岩上跑著，因為怕母親轉眼又不見了，他幾乎忘記了赤腳在礁岩上跑的疼痛。

　　rariyar san satoeman san amamaorar san ora fali san siyosaan. 看著天空似乎要下大雨了，滿天都是烏雲，風的聲音又大，所有的植物都被風吹著從東邊面向南邊。小孩子穿著單薄的衣服，短褲，褲子還破洞，少了好幾個扣子，站在那兒努力地往海邊看。當他跑到礁岸邊，面向海洋的浪花，他看到aloman koya fafahiyan amidamay mikakotong milinalin. 部落的媽媽們全都在那兒採海菜，nenghan koratatirengan ira roho san misiayaw toriyar. 她們的身體全部面向海洋，彎著腰takonolkonol。

　　小孩子不知道哪一個才是媽媽？

　　媽媽們都是站在有浪花，海水後退時會有很多青苔的地方拿海菜，也是比較危險的地方。sanengneng　saho　kora wawa i caay pakatama to ina ningr nengneng haningra hanira orawansan.小孩兒呢，看著看著，心裡焦急地想，「到底我媽媽是那個呢？還是旁邊那個？」

　　天氣非常冷，已經開始下毛毛雨了，剛好附近有個礁岩小地形可以遮風，小孩子馬上躲進凹洞內，同時盯著可能是自己媽媽的那個人。媽媽們的動作幾乎一模一樣，海浪進來時，立刻直起身，右腳抬起；海浪退去之後，右腳便放下，彎腰。這

karopiay 植物名，會長紫色小果子，味苦澀，小孩子愛拿來當零食吃的植物。

aripongpong 植物名，林投樹。

個動作全是順著海浪的動作而做。所有媽媽們的背袋，綁在腰上。慢慢地，開始漲潮了，媽媽們也跟著往後退。小孩子距離打到礁岩上的海浪，似乎只有一百公尺。

媽媽們跟著海浪做著同樣的動作，她們好像懂得海浪的聲音。小孩子注意看著那個可能是自己媽媽的人的動作，海浪拍打到她身上幾次，她幾乎都沒有任何反應，一樣很專注地撿海菜。但是，當海浪的聲音更大的時候，媽媽們開始後退兩步，不然的話就是要在海浪還沒打進來之前，迅速地找一個比較高的位置站好，躲避海浪。當海浪後退後，一樣的，媽媽們就往前進，回到她們原先的位置去拿海菜。這樣反覆前進、後退、抬腿、彎腰的動作，小孩子的視線沒有離開過那個可能是媽媽的人。

雨一直沒停，漲潮的速度愈來愈快，東北季風也愈來愈強。孩子想要起身，卻發現兩腳全淋濕了，幾乎麻痺了。突然間，媽媽的聲音竟然從他的左手邊傳過來。

「ciapa nengengen kiso mato maopicay a topi.」媽媽說，「你這個傻瓜，你看看你，像那個小鳥一樣被淋濕了。」原來，當小孩一直專心地注視著前方那個看起來像是媽媽的人，媽媽早已經回來，站在旁邊了。

「pinokayito mimaan kiso itini.」母親很靠近地站到他旁邊說，「你趕快回去，你留在這裡做什麼？masowal ako ihoni aka kiso pi'ucil hanako kami. 我不是跟你說過不要跟我嗎？」媽媽一邊說一邊快步走到有清水的地方，把綁在腰帶裡面的海菜拿下來，倒在小溪溝裡的清水重新再清洗一次，然後分類。

小孩子跟著站在旁邊看媽媽，風眞的很大。

　　「nengneng ko wawa no tao ira ma'araw iso？」媽媽不斷地嘮叨，「你看看別人的孩子有來嗎？mimaan kiso tayni？你來幹什麼呢？」

　　「mafana kiso maorad sienaw tayniho kiso.」媽媽又說，「你明知道下雨，又冷……」孩子不斷地用手把鼻涕擤下來，鼻涕一直流，他一直用手擦掉。媽媽把所有清洗過的海菜裝進袋子裡，站起來，立刻用她濕掉的衣服放在小孩子的鼻子上。

　　「songideteng！用力把鼻涕擤出來！」媽媽弄乾淨小孩兒的鼻涕。

　　「ta！misooy to kita minokay ciapa. 走吧！我們回去，傻瓜！」母親的動作依然迅速俐落，孩子跟在母親身後，走走走。母親的雙腳踩著礁岩，似乎一點冰冷或疼痛的感覺都沒有。身體快要凍僵的小孩兒，冷死了，沒什麼感覺的跟著媽媽。

　　走著走著，雨停了，小水溝形成的路變得更滑，母親快速的動作依然沒變，每次踩踏的地方都有草，她都是跨步跨步的走過去。因爲常常有人走這一條路，又下過雨，小路很滑。小孩兒的步伐跨不大，都得踩進小水溝裡，他沒有辦法跨越，一下子母親又看不到了，因爲小路是彎彎曲曲的，根本看不到母親了。

　　就這樣，小孩子又哭了，一面哭一面把鼻涕吸進鼻子裡，邊走邊哭，終於到家了。看到媽媽正在分類海菜，小孩子吸著鼻涕跑進廚房。

　　「faliceng ko riko ciapa.」媽媽還是跟孩子說，「你去換衣服，傻瓜。」小孩子又跑進房裡，看一看折好的衣服。家裡就一個衣櫃而已，衣櫃中間還有一個小鏡子，小小的小衣櫃。小

孩子好奇地打開衣櫃，看到父親的衣服跟媽媽的衣服，這些衣服好像都是婚喪喜慶的時候才能穿的衣服。小孩子的衣服疊在一個牆板上，選了一樣是短褲短袖的衣服穿上，他好像也沒什麼長褲長袖的衣服，於是他穿著運動會的褲子，一樣是破洞的，T恤上印著港口國小。

小孩穿好衣服跑回廚房，母親又不見了，追到菜園找，也找不到，豬舍也沒有。小孩子又跑到部落去找，也找不到。這會兒卻看到一群小孩子在玩耍，最後他還是跟著大家玩在一起，鼻涕也是一樣，一直流下來。

天氣仍然寒冷，雨也越下越大，所有的小孩子都跑到屋簷下躲雨。小孩兒看著雨水順著屋簷垂下的茅草往下滴，跟著計算從茅草上滴下來的雨水，鼻涕一樣邊放邊收。

小孩兒的頭從上面滴到下面，一個上午就過了。肚子餓了，孩子們通通跑回家去吃午餐。

坐在溫暖的煙裡

sacikaycikay sakora wawa.那個孩子跑來跑去，sienaw koromiad kietec maorad. 天氣非常冷，又下雨，赤腳在泥土地上走來走去，kameleng 非常的滑。

一旁是正在蓋傳統建築的老人們，孩子的父母親也去家族親戚的家裡幫忙蓋房子。小孩兒們就在那兒，有的拿棍子，有的比劃著。

na minokay cira tata'ang ko orad mikilim to pikilidongan naitini to naloma tayra tana loma rakat to cipil no loma. 有一天中午，吃飯的時間，小孩要回家了，正好下大雨，他必須一個家一個家的躲雨。他跑到部落裡一戶非常大的人家裡躲雨，那是一棟非常非常長的家，他靜靜地走著，走到一半，maaraw ya mingiroay a matoasay ira misioway. 看到一扇門，一個老人mingiro ko matoasay.安靜地在那兒挑藤。雨很大，風不時地從外面灌進來，小孩子被這間大房子裡的空間感覺吸引住。風不斷地灌進來，打亂了原本在室內移動的煙。室內非常暗，很安靜，只有外面的雨水，滴答滴答的。因為屋子很長，打在茅草上的雨水掉落到地上，產生許多不同的效果。寧靜中，突然有一個聲音，好像是從另外一個角落傳進來的，有阿媽的聲音，也有小孩子的聲音，但是屋內的煙好多。

好像是剝花生的聲音吧！屋子裡的煙味跟一般木頭的味道不同，小孩慢慢地從挑藤的老人身旁走進來，不敢發出任何聲音，也不敢打招呼，因為老人平常很兒。小孩繞過老人的時候，老人動也不動。

小孩知道老人的脾氣，他平常就是不笑的。小孩子也知道他每次在部落裡講話，所有的人都不說話。在小孩子的記憶裡，部落有活動，老人就會穿上全身紅色的衣服，頭上插很多的羽毛，胸前掛著一粒一粒的珠子項鍊，手上拿著一根又黑又笨重的柺杖，站在那裡。

　　老人在小孩子的記憶裡是非常可怕的。

　　老人蹲在那兒，動也不動，眼神專注地削籐，手裡拿著一把刀，兩手放在腿上，往前又往後拉，削他的籐。

　　小孩偷偷地瞄著老人的眼神，看著老人的頭髮，幾乎全白了，身體仍然粗壯有力。老人沒有因為小孩的出現而改變他原有的動作。

　　小孩子的腳濕了，踩在濕濕的地上，滑滑的，因為地上全是鋪黏土。小孩子從這個門輕輕地進來，緩緩地走向一群人發出聲音的地方，遠遠地看到一道光，那是從側門裡面發出來的一道光，原來媽媽們和小孩們在裡面剝花生。因為很餓，又很冷，小孩子被吸引了。

　　小孩子往前走，想要靠近大家，所有的人都看著他，只有阿媽沒做任何反應。小孩站在那兒，阿媽也沒招呼他，大家一起剝花生，剝一個吃一個。小孩子依然站在那兒，沒人理他。

　　慢慢地，小心地，孩子走到阿媽旁邊蹲下，靠近火堆，感覺到溫暖。但是他非常的餓，也不敢碰花生。

　　「mifoheci to kodasing？」阿媽說，「要不要幫忙？願意幫忙我們剝花生嗎？」小孩不等阿媽說完話，一手扒進火堆邊的一個放花生的竹編籃子裡，抓了一把花生。

　　小孩子蹲在阿媽旁邊，把花生放在前面的地上，開始剝呀

剝，剝好幾粒花生就放幾粒到盤子上，一直剝一直剝。小孩子沒有吃任何花生，但是蹲在對面的小孩子滿嘴都是花生！大家都很安靜地工作。突然間，「滿嘴花生」小孩子的媽媽說，「misakalahok to kako. 我要煮中午飯了！」她一邊起身，一邊咒罵天氣，「waco！ko naorad kietec maorar. 又冷又下雨。」她說，「manhanto komimawmahan？我們種的農作物怎麼辦？」邊說邊拍拍自己衣服上的灰塵，離開。

小孩子的眼神跟著走出去的人往外看，風真的好大。

「我的媽媽回來了沒呢？」小孩子心裡想。

花生很硬，剝好的花生一下子又滿了，拿到盤子上。對面的小孩，拚命地吃花生，所有的花生殼都扔進火堆裡，不斷地發出一種「葛呀－葛呀－」的聲音，sakosoni no ya **kodasing**的香味更加深了孩子的飢餓。他終於忍耐不住了，慢慢地，一邊剝一邊把手上的花生安靜地放進嘴巴裡，放了一粒再放一粒，嘴巴也沒有很大的動作，慢慢地用牙齒擠壓的方式來嚼碎花生。駝背的阿媽靜靜地看著他，他也靜靜地看著阿媽，阿媽的皺紋好深呀，又深又利，散發著一種特別的感覺。

「kaeng haan komaeng！」阿媽說，「你可以吃呀！你就吃，一直吃嘛！」阿媽沒說很多話，又繼續專心地剝花生。小孩子開始放心地吃著自己剝好的花生，還是一樣，他剝了好幾粒才吃一兩粒，但是對面的孩子不一樣。因為老爺爺在旁邊，兩個孩子誰也不敢有太大的動作。小孩子看著對面「滿嘴花生」的小孩，他一直吃花生。

「ngafet！」小孩子忽然間就講。**ngafet**是對面小孩的外號，因為他常常用下面的牙齒咬住上面的嘴唇。

kodasing 「花生」的意思。

ngafet 「咬住」的意思。

小孩子仍然是想著要趕快回家吃飯，好像是聽到弟弟跟一群鄰居小女孩在外面玩耍的聲音。小孩心裡想，不知道是不是可以拿一把花生回去？他站起身，阿媽也慢慢地抬頭看他。

　　「minokay to kiso？」阿媽問他，「你要回去了嗎？」小孩子沒有說話，只是點點頭。「alaeng konian. 拿一些回去呀！」阿媽用雙手捧了一把花生放在他肚子上的衣服，小孩子馬上把雙手放在衣服下，肚子上放滿了花生。

　　小孩子雙手包住花生，一句話也沒說，點點頭，從後門跑出去，雞也被嚇到亂飛。因為下大雨，雞都跑到柱子的屋簷下躲雨，小孩也快速地跑到一戶人家的屋簷下躲雨，就這樣，一個家一個家的躲雨，最後跑到一個大斜坡，斜坡之後又回到小水溝的捷徑，非常滑，小孩子得不時用雙腳煞車，才能讓自己不至於跌倒，小心地走回家。

　　回到家，看到姊姊正在劈柴火，用刀劈樟木、檜木，準備生火。小孩子走進廚房，把肚子上用衣服包起來的花生放到桌子上。

　　「哪來的花生呀？誰的花生？」姊姊問，「nimaay a ko dasing？」

　　「ni　fasang！」孩子也不知道該怎麼解釋，「一個阿媽給的！」姊姊不再多說話，專心地煮飯。

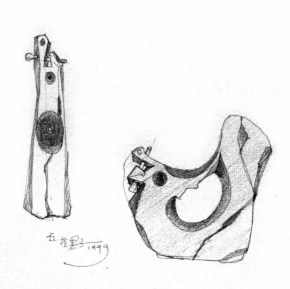

do^do
溯源

尋著溪水的源頭往上走

聽到歌的聲音

踏進祖先的山林

回到母親的懷抱

發現自己跳躍的腳步

聲音

*

好大的聲音在清晨醒來，

昨晚很需要這種聲音，

已經很久沒有聽到這種聲音，

這聲音讓大地的生命有張力，

讓我有了自己的開始。

*

他的聲音，我常常等待，

是因為在我的生命裡可以找到對話。

在他的聲音裡面，我身體的部位感受著，

讓我的眼睛像老鷹注視遠處不動，

進入我體內，我的心靈，會有平靜、動力，

像海浪一樣，遠看平靜，小浪五、大浪三，

會讓我有種動力，會有瞬間的行為

像老鷹一樣da da da，振翅而飛，

會穿梭，突然不見，是未被馴服的。

聲音 拉黑子·達立夫說，「我先從聲音等等開始講，然後到我的創作，這樣才看得出來阿公Lekal　Makor是怎樣在影響我的。」

da da da 形容老鷹振動翅膀，盤旋升起，飛翔的樣子。

*

我的生命是在無動靜之下發現了本能，

他有時存在，有時無形。

他在我無形的空間裡回繞，

他的聲音讓我在沉睡時跟著夢醒來。

我在孤獨、無力、徬徨時，

他的聲音讓我有能力發出體內的聲音。

*

我的父親、我的阿公、我的老師、是我們的母親。

我很想歌唱，在深夜獨自一人，

唱不完，內心有一種能量，

身體出現一種本能，

我好像是未被馴服的人。

但是我的肉身無法承受了，

我一直聽到你的聲音，

發現你都在我的附近。

是因為你，

才有現在的我。

從破碎的陶甕找到自己

我看得非常模糊，這個裂成兩半的陶甕。

年輕的時候，我看得非常清楚；

年紀大了，我看著這個陶甕相當模糊，似乎分成了三半。

孩子呀！這個破碎的陶甕除了眼睛看得到，

所有的人也曾經踩過。

我們的父母親在梯田工作時，到處都是陶片，

現在的孩子再也不到田裡了。

所有的陶片都被雜草掩蓋。

我老了，真的看不到那些陶片，

而你們，孩子，眼睛像老鷹一般銳利，

卻也看不到沉睡在草叢裡的陶片。

陶片是我們祖先留下來的，

你有今天是因為這些陶片，

所有祖先的一切都在這些破碎的陶片裡，

你看不到了，走路會不小心。

當你踩到這些陶片，會像粒沙一樣，

永遠看不到。

只有這些破碎的陶片才能找到根。

你的步伐要調整，你的眼神要重新從雜草裡找回破碎的陶片。

不要到處奔跑了，你的視野收回來吧！

站穩你站的位置，

感覺這塊土地上破碎陶片的痕跡。

眼睛往下看，暫停呼吸，

再慢慢抬頭往海洋的平行線上注視，

你的心情像海平線上的那條線，

因為海浪的波動，會讓你的心跳個不停，

兩腳像在礁岩上奔跳，

孩子，這個時候，你就回到原來的地方，

找到了自己，找到了根，

當你找到了根，再往前去，

你的視野將會看得很遠，

就像海洋的平行線是無限的。

你是聽到風的聲音，你是聽到心中的話，

所有看到的一切，會留給下一代。

因為你踩到了破碎的陶甕，

最後，陶片會形成一個atomo , diwas .

atomo 古時陶製器皿的一種，用於日常生活，如盛水、醃製食物等等。

diwas 古時陶製器皿的一種，巫師舉行儀式時祭祀用之祭杯。

maaowang 猶豫中的發現

ilisin求偶的時候，我們會問年輕人你到底喜不喜歡這個女孩，我們會用maaowang這個字。另外一個用法是狗要過河的時候，狗會猶豫到底要不要跟著過河，於是前前後後跑來跑去，叫來叫去，想要又不敢要，於是滿頭大汗，這樣猶豫不決的心情就是maaowang這個字。

又好比我們生活在現代，常常會覺得自己在面對現代事物與古老事物之間，就像一隻準備過河的狗一樣，不知道自己到底要不要跟隨著祖先的路過河，然後過了河又如何繼續呢？一切都在猶豫之中慢慢發現。

2000年，拉黑子・達立夫獲亞洲文化協會（ACC）年度美術類台灣獎助計畫，赴美研習三個月。其間，拉黑子・達立夫對自己生活在美國的處境常以台灣土狗自嘲，那時的畫稿上常常出現一隻精瘦土狗，徘徊在英文字母裡，maaowang。

我的溯與塑

回去的目的是什麼？

我不知道回去的目的是什麼？從發現第一片破碎的陶片，我開始注意自己的下一步。

當我的手裡抓滿陶片，我把陶片放入口袋裡；當陶片裝滿口袋，我開始尋找月桃葉；陶片太多了，葉子也破掉了。

就這樣，我開始注意自己每次走路的感覺。

陶甕裡的力量

一次又一次，從老人的口裡，我發現許多陶甕的故事。陶片完整時，是容器；製作陶甕的，是女性；陶甕的弧度，是女性懷孕的肚腹。我從這裡回溯到以前，像是一直活在傳說與故事裡的人。多麼希望腦海裡的情境能回到從前，然而我要面對的又是一個完全不同情境的現在世界。

反反覆覆，進進出出，生命卻因此有了新的力量，我覺得活得踏實，活得清明。我似乎只能看得很近，但是能想得很遠，走得更遠。這些傳說與故事給我力量，讓我繼續往前走。

雖然，我依然走得很慢！

生命裡的另一種能量

這麼多的傳說，這麼多的陶片，溯了這麼多條溪，我不知道能將這所有的一切放在哪裡？我無法承受！

我發現了不起眼、被現代建築荒廢的柱子，這些東西我收集了很多，從南到北、從東到西。只要在老部落裡，就會發現許多舊房舍的木頭，每當我去撿，老人就會嘮嘮叨叨告訴我這

李拉黑子 1998.

些木頭的由來，「你可知道，他們是**動用部落所有的年輕人……**」啊！我從這些故事裡感覺到寂寞、絕望與憤怒。

　　每次聽完了故事，我總會回到廢墟去看看每一片破碎的陶片，這會讓我的寂寞、絕望與憤怒漸漸平息，然後變成是我生命裡的另一種全新的能量，這是從出生以來，第一次感覺到的力量。

木頭真正的生命

　　我喜歡在中午的十一點到兩點，行走海邊，撿拾漂流的木頭。太陽愈烈，我扛的木頭愈重。我心裡想著部落取得木頭的辛苦，想到我在海邊這樣的搬運，又算得了什麼呢？

　　我幾乎溯盡所有的山林溪水，每一次溯入源頭時，我就又一次發現木頭真正的生命──而我自己呢？我該如何在學會了這環境裡的一切時，再分享給其他族人呢？

創作歷程

　　撿拾了許多陶片、舊房舍的樑柱，和許多的漂流木，我感覺到它們的生命。我開始用我的思考、用我的雙手力行。我的感觸更多，發現自己如此渺小。

　　心中填塞了如此多部落的負擔與壓力，為了抒發內心的一切，於是，進入了我的創作歷程。第一次作品的呈現，我流淚了，是因為故事的感動。我的創作，從白天到黑夜，一路就是這樣，抱著無限的希望，將自己的渴望分享給其他的族人。我不斷的嘗試！不斷的敘述！不斷的反省！這條路是多麼的辛苦呀！

動用部落所有的年輕人
古時建房舍（稱tikar）必須動用整個部落年齡階級組織的力量，在mama no kapah青年之父的領導下，上山取建材，尤其是各式橫樑（最常可達十二公尺以上）立柱（最高可達六公尺以上）、藤與茅草的取得，皆是由青年階段的八大年齡階級負責，同心協力、分享榮耀，才能完成建家屋的工作。

永遠的路

　　就這樣，一路走來，我發現必須繼續，這就是生命吧！這些故事與傳說，是不是也是這樣繼續呢？我與部落是無法脫節的，我走到那兒，我更需要部落！我走得更遠，我更需要部落。在我的創作生命裡，部落總是我的泉源。即使許多外在的思維，部落還是有關聯的。

方向

他是我的依靠。

1990年,有一個不起眼的人,從他的身邊越過,他用很深的眼睛注視著我,我有一點感覺到,我停下來,很快地面向他。

「誰的孩子?」他說。

我很快的回答,「達立夫的小孩。」

點點頭,也沒說半句,很沉重地離去。我看著他微彎的駝背,似乎有話要跟我說什麼似的。

那年,是我內心最複雜的時候。對自己、對未來、對部落都茫然。我每天還是一樣,到各部落去找舊房舍的木頭,就這樣過日子。到了晚上,是我精神最佳的時候,對撿回來的木頭做一些整理,然後附近走過來走過去。

我似乎找不到自己,很無力。我對自己說,我們真的沒有了嗎?我不知我要找什麼?

有一次,我去小時候玩耍的地方,那是所有童年的記憶裡最多采多姿的地方。我到小山頭坐著,看著海,心情無法平靜,偶爾會想起小時候抓魚的情景,山頭下放牛時看部落孩子的情景。沒多久我離去,很沒意思地離開。

晚上,看著找回來的木頭,收了那麼多做什麼?對這些木頭我似乎有感情,非常愛惜,工作的地方堆得滿滿的,根本沒辦法工作了。有時候會把木頭搬來搬去,就這樣一段時間又過了。

有一天我看見他的身影，有種力量吸引我，我靠近他，從他的側面看他，他突然說話。他說，「前面的蘆葦爲什麼長得很快，我都看不到田了，而我的駝背也沒辦法伸直了。這些孩子再不回來，我根本看不到海了。孩子們再不回來，我走過的路，你根本也找不到，因爲都是被草蓋住了。回來吧！」低頭說著。

　　他又說，坐在**那張椅子**上，輕鬆地，「再不回來就找不到回家的路了！因爲沒有牛吃草。」講時微微笑著。

那張椅子　這是一張拉黑子·達立夫做給老頭目Lekal Makor的椅子，取材於古樑柱與漂流木。

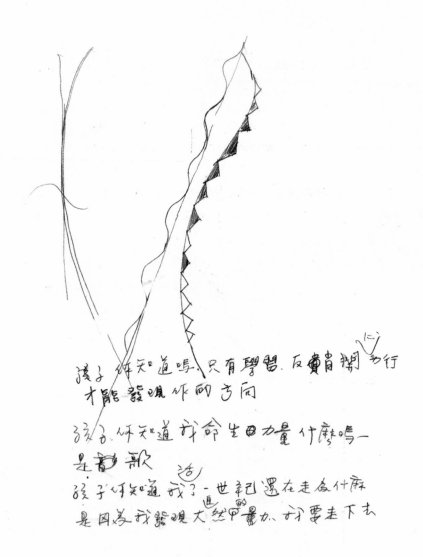

孩子 你知道嗎，只有學習，反覆肯開 才行
才能 發現你的方向

孩子 你知道我命生日力量 什麼嗎一
是 青歌
孩子 你知道 我了一世紀還在走為什麼
是 因為我發現大然能量加 我要走下去

大自然的歌

孩子，你知道嗎？

只有學習、反省、關心、力行

才能發現做的方向。

孩子，你知道我生命的力量是什麼嗎？

是歌！

你知道我活了一世紀還在走，

為什麼？

是因為我發現了大自然的力量，

我要走下去！

走，不停地走

那一年的決定，讓自己的生命開始自在、踏實，一路走來非常艱辛。有時候孤獨地走在這一條路上，在自己的部落，找不到對話，創作上也無從做起，現實上還真的不知該如何是好。

時間一天一天的過去，自己的身體慢慢開始發現，如何將生命底層的能量轉換。

那段時間常想著，決定了就走完這條路，才算是決定吧！每天想著外面的雜事也做不了抉擇。只有一個方法，就是走，不停地走，在這樣不停地走的過程裡，發現創作的生命力。

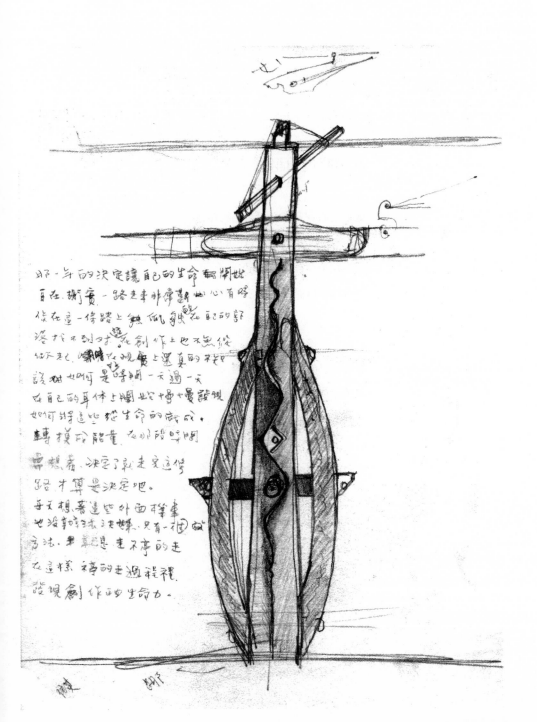

那一年的決定讓自己的生命有期地
存在。確實一路走來非常整心有時
候在這一條路上無依靠在自己的部
落找不到方蓋在創作上也不無依
依不起。縹瞄在現實上還真的不容
該如何可是每天過一天
把自己的身体上爛成十歲十會發現
如何將這些絲生命的底成。
轉換成藝重名此時刻呼聞
每想著。決定了就走完這學
路才算是決定吧。
每天想著這些外西樣事
也沒動著決擇。只有一個成
方法。事靠是走不停的走
在這樣裡的走過幾裡。
發現創作的生命力。

臧   娜

回到藍色的記憶

*

從大地的聲音裡發現自己的存在

從古老的傳說裡發現自己的源頭

只有在深夜裡看見自己

只有聽到母體的聲音才是誠實的

*

記憶中是傳說

發現自己的腳步沒有停過

回到藍色的記憶學會跟海洋接近

海浪不停地拍打我的身體

身體可以在海洋裡漂流

當我喝到海水

身體的本能學會與海對話

*

聲音沒有停止

身體也沒有停過

不停的過程

海洋的聲音不斷地吸引

不再往前看

靜靜地把身體潛入海的世界

只有一個人回憶的世界

發現生命的可貴在寧靜的世界裡

每一個生命都在進行

我不是這個世界的一份子

只能用記憶掰開我的腳步

記憶讓我有能力再到這個世界

*

海洋停時

新的生命要開始

這一切都要漂流

記憶是生命的源頭

漂流到生命的源頭

母親說這一群孩子像海浪

好美

　　*

每天清晨看的是海洋

因爲第二個生命是她給的

思索著海

心跳不停

因爲你只看到自己

閉上眼

聽海的聲音

往遠看海平面

停止的

你的心跳

不會這麼快

*

身體站立面向海洋

聽到沒有停止的聲音

深底的聲音也慢慢地出聲

這樣的合音百聽不厭

海洋把我帶到傳說中的記憶

聲音進入我的身體

可以發現海浪的大小

身體的本能從站立開始

在礁岩上跳躍地不停

身體來去自如

記憶中告訴身體

一切交給海洋

步伐不再是我個人

不再是有思考

完全與海浪的節奏一樣

大浪五小浪七

因記憶學會與海共舞

海浪沒有停過

就像我們的舞一天一夜

生命的源頭來自海洋

dongec

o saka fana no matoasay to lotok naitini i kalalengawan no
'oway

ma dodo no matoasay ko rakat no oway ta mafana to lalan
no lotok

o daoc no matoasay itni pisiowayan tamatama ko sakatoas

mitolikan no matoasay a fasolan ko sapawali to panay no
loma

ini orariw no oway ko paicelay to tireng no matoasay

(mi wik wik ko faloco no matoasy paini to harateng nira

tarayray sako orip no niyaro

o nitolikan a 'oway o pinaang no fangcalay a faloco no
matoasay)

ano paka do do kowawa to rakat no oway amafana to 'orip no
lotok

hacowa ko rakat no oway hacowa ko cikay no kapah ta
matama ko oway

ini oway no kapah ko sapirikec to finaolan

o saka tanektek no loma ko oway no kapah

ini oway ko palatih'tihay to kapah no niyaro

o sapaseneng ko adihay no kapah ko oway

o fanges no kapah caay ka talaw to ceka no oway

（字譯）

從出生的藤讓老人明白山裡

順著藤的路線才會找到山裡的路

老人如果要成爲一個老者必須從削藤開始

家所有的稻穀是用老人編織的**fasolan**

從藤得歌裡可以讓老人的身體有生命力

如果孩子能順著藤的路線他會明白山的生命

藤走的多遠孩子必須要跑到源頭才會找到藤的心

是年輕人的藤可以讓部落團結起來

一個穩固的家庭是用年輕人的藤

一個部落的年輕人是用藤來證明他的速度

讓年輕人驕傲的是因爲藤

一個年輕人的皮膚是不會怕刺的

（意譯）

最後要走的路也必須順著藤的路線你才發現那天空

一個生命最後都必須把藤的皮削成像皮膚一樣

一個孩子如果要知道他的根都必須從編織裡的複雜開始

人的一生必須經過編織來記錄他的生命

人的智慧就在編織的那一刹那

就像在山裡面錯綜複雜的爬藤類

你會不知道你的路線在哪裡

不能錯因爲都必須要重新開始

只有靜靜地用歌聲來編你自己

fasolan 用藤編成的大片蓆子，古時用來曬稻穀用。

漂流木

　　颱風過後的清晨，獨自一人走到Cepo'北邊的**Ciatona**，那是我童年記憶最清楚的地方。記憶裡，小時候，全村的人都到海邊撿漂流木當柴火，漂流木太多了，每一人都是知道要選那支柴。

　　有的人想要撿輕的，像媽媽呀，女性與老人，因為泡在海水裡的漂流木特別重。年輕人就會撿漂亮的，他們會跑到海浪沖刷的位置。

　　漂流木很多，擠滿了岸邊往外的一百到一百五十公尺海面。有的人喜歡衝到前面二、三公尺的地方，他們踩著大的漂流木浮在海面上撿。當然浪來的時間要算好，不然回來的時間不夠，所有的漂流木順著海浪移位，原來的位置都變了。踩到小的漂流木時，會跌到海裡，會被漂流木關住。

　　記憶裡，小時候五、六年級，自己掉下來過，那時候應該要沒命的，還好有大人拉住我。

Ciatona　現今部落Makotaay
南邊的海岸地名。

守望部落的精神山

Kakacawan 部落的精神山。

nanoemang nanenengen no kaemangay ira ko arekakay amikafit.
從小，精神山 Kakacawan 一直是部落注意看的一座山，孩子們瞭望天空的時候，都可以看得到老鷹。

傳說中，這座山Kakacawan一直是部落孩子進入年齡階級時準備站立的地方，那是瞭望著部落，保護著部落，也是部落發出第一個訊息的位置。

i tiyaho kakacawan pisalamaan no wawa miala to arifowang miala to tikatik sapa cakay miala to hapapoay kakaenen cacilahen. 小時候，精神山一直是部落孩子們玩耍的第一個地方，位在部落的正中央。山裡面有很多植物，每當野百合綻放，孩子們就一個一個地往上爬，想採野百合。有的還沒開花，也迫不及待地採回去放在家裡等她開花。開花了！kaenen ko lalomaay ningra fangsis開花的野百合，就要吃她裡面的心，因為很香，很好吃。oromasato 有時候，也會去採tikatit 鐵樹，不管有多麼危險，或是長在什麼樣的峭壁上，每一個孩子都搶著要去拿，因為鐵樹可以賣錢。

有時候，**hapapoay**的樹木很高，葉子還沒有開花，所有的孩子卻跑到樹木的最上面，mipitpit一個一個拔下像子彈似的嫩葉苞，放在自己的口袋裡。o roma mapitek mapicas. 有時樹幹承受不了小孩的重量會裂開來，整個人便從樹上掉到泥土地上。但是小孩子也真的都不怕危險。

hapapoay 喬木名，雀榕。

ona kakacawan pisalamaan no aniniay a wawa. 精神山，一直陪伴著部落的每一個孩子，也帶給孩子們難忘的童年。當孩子們慢慢長大，也聽了很多有關部落的傳說，傳說裡的故事是這樣開始的。

「itiyaho ano malawawa no niyaro kiso micomod i taloan amaenen tayra i kakacawan mihali to niyaro.」老人說，「在我的童年裡，Kakacawan一直是傳說裡大家仰望的地方，你可知道嗎？那個Kakacawan是部落的中心，是傳遞部落訊息的所在。ano matoasay to kako maenen to ako tayra i talo'an milafin. 是我剛可以進入集會所，進入第一個年齡階級miafatay的時候，我即將要開始的階級。」

老人說，「我準備爬上去，站在精神山的正中央，瞭望部落，守護部落。我發出的第一訊息是部落的訊息，我將我所看到的一切，用聲音傳達到部落的每一個角落。因為我頭上戴的羽毛是停飛在精神山上老鷹的羽毛，那是父親賜給我的。當我站立在山上時，我就像老鷹一般，能夠在天空飛翔。就像老鷹一樣。」

「當我進入miawawway ciopihay 階級的時候，我的身分又是狗又是老鷹。我的速度要像狗一樣快地爬到山頂上，我的嗅覺要像狗一樣靈敏，可以聞到部落每一個角落，我的眼睛要像老鷹一樣能夠看得非常非常的遠。」

kaanini sato但是現在，所有看到精神山的一切，都是傳說，都是回憶跟……回憶。所有部落的故事，所有部落的一切，都是從itini i kakacawan，都是從精神山上老人的記憶開始。所有老人的記憶都是在這個地方。

部落每一戶人家清晨起來的第一件事，都是瞭望著這座山，她非常的漂亮，她也一直陪伴著這個部落，保護著這個部落。她是部落的依靠pi kacawan 部落的守望山，是部落每一個小孩的記憶。

　　但是現在，她已經不是她了。每年望著她，她依然存在。望著她卻只是記憶。

　　忽然間有人說，讓我們在Kakacawan上面蓋一個涼亭吧！讓更多人，更多遊客來到上面，守望我們的部落。心裡想，這個人真的是部落裡面的人嗎？他真的希望讓更多的人丟棄更多的垃圾在這座山上嗎？還是他希望讓更多遊客從上面嘲笑這個部落？還是去破壞這座山？

　　Kakacawan聽到了這件事，mararom cingra 她非常的難過。

　　那個人開始帶人去做樓梯，除草。部落跟著發生許多奇妙的事情，老人一個一個過世，但是仍然沒有一個人敢說反對，大家都在私底下反對。不知道為什麼？是從什麼時候開始，這個部落不敢說話了。這個說要蓋的人，他到底是何等人物呢？maacek nenengen ko mahaenay a tamdaw. 那種人真的是非常的醜醜，但是部落的人也同等的非常差勁，ano mahaen？為什麼會這樣呢？

　　看著這座山，她多美，因為所有人的記憶都在那裡。

　　每年颱風的來去，都會把山頂沖刷得很乾淨，將所有的植物吹走，過了幾個月，又綻放新的生命，年年如此。然而，這個部落現在的人，已經不知道這座山的重要性了。ano mahaen to ko ratamdaw？這個人為什麼會是這樣？

pi kacawan 那是部落組織的地方，是部落發出聲音的地方，是每一個人歸屬的目標。每一個孩子所戴的羽毛，就是老鷹的羽毛，老鷹常常在那個地方停留，卻再也看不到孩子身上所戴的羽毛。

　　這個時代變了！孩子對羽毛的尊敬已經不像從前，所以每一個孩子也不懂得珍惜自己，好比現在部落的人一樣，不論是宗教或是政治，不知道為什麼，已經完全改變了他們。Pi kacawan　守望部落的地方，竟然有人說要蓋一座涼亭，說要蓋一座水泥的樓梯，可以是喝咖啡的地方？那兒其實是讓部落學習如何攀爬到頂上的地方，過去是每一個孩子都要爬上去的地方，沒有任何樓梯，可以訓練孩子認識環境，認識這座山。

　　pakangodo to matoasay ko mahaenay a harateng. 真的，對祖先非常不敬，為什麼會有這種人？但是這個人從不反省，而部落也從不會針對這個事情，正面跟他直說，為什麼呢？

　　kakacawan pinengnengan katomirengan. 她是我注視的方向，也是我瞭望的方向。當我注視著她，我也同時看到自己。當我瞭望著她，我也同時發現了自己。kaanini ko niyaro catokafana. 但是我們的部落已經不知道了，matawal to nangra 忘記了，我們的部落真的全都忘記了！ palawinaan kora. 那真的是我們的依靠 ano mafokilho malahedaw. 如果我們再不清楚的知道她的重要性 hai hannita. 我們這個部落，也就真的像是已經不存在了，因為精神山最清楚這裡，我們變了，她沒變，從過去到現在她一直記憶著我們，也是我們所有的記憶 hiratengen kiso matoasay mafanaay tona lotok. 只有祖先知道這座山對部落的重要性，一個孩子，因為這座山，因為訓練了這個孩子，anini haan caay kamocakat ko wawa. 而現在的孩子卻不爬了，現在的大人說要

蓋一個涼亭，讓更多的觀光客上去pakangodo ito. 眞的是對老人家不敬。

　　sowal sako lotok matoasay ho. 因爲前人站在祖先的肩膀上，所以我們才能站在這裡，更因爲孩子們將來要站在我們的肩榜上，才能瞭望更遠的地方。要讓孩子的視野更遠，他頭上戴的羽毛，象徵部落對他的希望，就像老鷹一樣，飛得好高，看得更遠。孩子也希望有一天能夠站在我們的肩榜上，用像狗一樣的聲音，將訊息傳達到更遠，讓所有部落的人聽得到他的聲音。

　　這段話流傳至今awaay to ko mafanaay ini miawawway ko citodongay.這是狗的階級，戴羽毛的人才能在這個地方傳達第一個訊息。o roma to kodemak anini. 然而，這一切全改變了，即使孩子走得再怎麼遠，他的視野也只能在他的眼前。

　　許多孩子離開部落，在外工作，他們在外面沒有尊嚴，唯有部落的精神山可以喚起他們的記憶，回來的時候面貌不變，記憶也不變nawhani因爲在大家的記憶裡，那個爭吵的聲音，那個打架的聲音，那個哭聲，甚至於老人家叫罵的聲音，都沒有變。「sowal ciapa katalawan ito.」老人家罵道，「你眞的很傻，那麼危險呀！」ya wawa halacikaycikay ito. 所有的孩子就開始逃跑，一直跑一直跑，爸爸媽媽追不上，沒輒，只好離開。過了一會兒，孩子們又開始爬，不管有多高有多危險，就是要爬到山頂，然後又在那邊叫喊，玩溜滑梯。

　　那個山好高喔！這是部落每一個孩子的記憶，如果這座山消失了，記憶也沒有了。所有傳說裡的故事也變了。

　　pikacawan 瞭望的地方。站立在那個地方，瞭望自己。

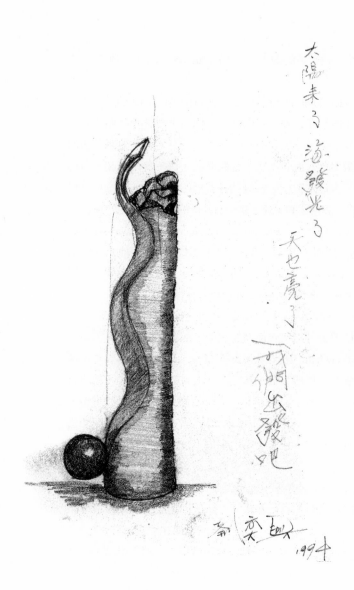

太陽來了　海發光了

天也亮了

我們出發吧

劉奕興
1994

misafaelohan
形塑

從此找到了
另一種說故事的方法
另一種歌唱與舞蹈的形式
然而那美無法用制式的符號詮釋
力量總在極其微弱的地方顯現

方與圓

天、地、水、人構成方
三角關係構成圓
方是視野，圓是起源
方是力行，圓是生活
方圓是男女，是家，是部落
是自然的智慧所創造

　　無文字的無形的力量，方與圓，來自大自然的智慧。圓是
家、起源、象徵；方是讓人的開始有意念。小米是起源，方跟
圓讓小米擴散，但是方的意念無法超越小米的圓。方的意念來
自小米的起源，方的意念是無形的，才能讓起源延伸。

　　方與圓是區域的符號，無形的權力跟象徵的地位。項鍊、
舞者圍成圈，吃飯在圈內，一菜（方）一湯（圓）。大地象徵
男性的能力，魚與刀，又分大刀與小刀，部落的結構。

　　人活著就要有一個結構。**sakawili**，讓人的生命延續下去的
力量。八條藤蔓，用三條細藤綁住，這三條細藤也如同和八條
藤蔓是在一起的。八條藤蔓是八大年齡階級，三條細藤是組
織部落架構中的三大支柱：mama　no　kapah（青年之父），
cifiracay（帶刀的階級。決定事情要像刀切一樣果決、清楚，如
同在ilisin分肉時一樣，malakacaway（收小米的階級。ilisin　時

左邊注釋全文　2001年赴美參展
「方與圓」，作品「初末的靈魂」
概念來自部落文化對形制符號的
聯想與反省。

sakawili　團結的力量，讓人的生
命延續下去的力量。

釀酒用的小米、吃的**hakhak**與**taloan**都是由他們徵收，人性化的徵收）。

　　小米，一種細小而綿綿不絕的力量，穿梭往來古今，如風般、如水般，如滴水穿石般，由遠而近、由長而短，不受時空限圍，來去自如於自然與人為之間，生命與共的凝聚力，規範與自由之間的拉鋸力量，這種力量來自層層疊疊的組織架構，猶如方與圓簡約造型內的深厚能量。

　　大刀刀鋒往外是維護，保衛家園，不向外征伐，不奪取，是捍衛祖土，但求安守。小刀刀鋒往內是整理自己。戍守捍衛的力量來自社群，放與收之間的制約來自方與圓內涵上的拉鋸。征服與融合是方與圓。

hakhak　糯米，遇重要或特殊時日才會食用之主食

taloan　糯米做成的年糕，遇重要或特殊時日才會食用之主食，質地近似古早的麻吉，分成寬約6公分長約9公分的一塊一塊，方便拿在手上食用。

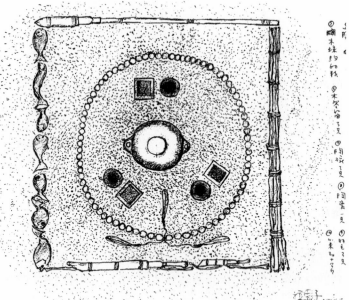

男巫師作儀式時用大刀刀鋒往外——維護我，小刀刀鋒往內——整理我。方用藤、刀、魚架構起來，猶如組織。你能走多遠，你就是到那個地方（那條線），如果是，這四方位置就是我們的，很具象，但也可以無限延伸。但你能走多遠呢？你就是只能到那裡而已啦！如果男性在外，回來的路上，**maferihay**，會講他的領域在那兒，此方代表個人的、族群的、部落的領域沒有明白的界限，但界限就是在那兒，不可能超越，但人的意志又會想要更往外擴。

陶珠項鍊是ilisin最後的戰爭舞，由三支羽毛去維護架構，維繫並連接另外五個階級。最後的戰爭舞，告訴大家我們的能耐，同時反省我們是不是做得不好，要不然長輩怎麼會罵我們。

maferihay 敏感敏捷的人，宣誓自己的領域的同時，心中有尺寸，知道自己並不如此偉大。

巫師在製陶時，少女問巫師，我要如何拍打，「摸摸懷孕的肚子就知道怎麼做了！」作陶是崇高、可以保護的。孕育的孩子即將誕生，出生後就要靠陶甕來養。遠征時，母親一定會拿atomo與衣服給兒子，父親一定會給刀。部落再怎麼強悍，仍無法征服自然。

　　一切架構再怎麼完整，都必須有小米，源（圓）是來自小米，活著就必須有小米。種小米時，必須找山，從一座山到另一座山，換山種小米的同時，無限往外延伸。

　　最好的矛，最好的年齡階級仍有其限度，沒有絕對性，對對方、對自然、對外族都要謙虛、敬畏，不能全部框住，也沒辦法，慾望必仍有其限度。

　　你的能耐就像黑熊。

　　部落的核心很完整，位置很清楚，不奪外圍，框的勢力範圍內很珍惜。

　　kimolmol圓，sikako方。

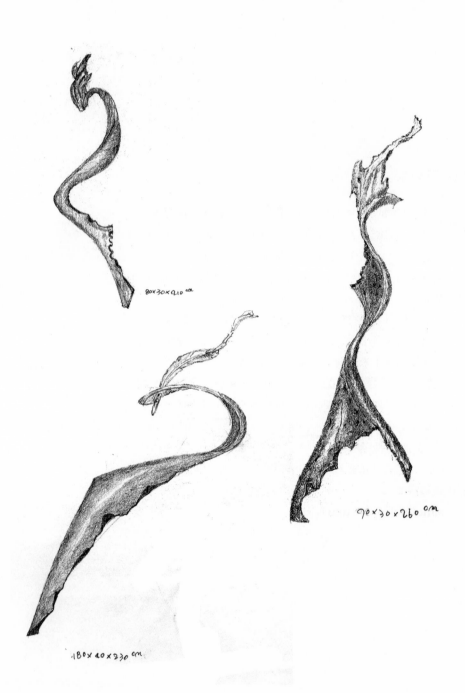

80x30x210 cm

180x40x230 cm

90x30x260 cm

起跳的頓力

我是舞者，
深夜的開始，我手裡拿著老鷹的羽毛，
聽到風、海的聲音，叮鈴──叮鈴，ilisin的時候。
我看到老人等待著，冠在我的頭上，感覺到他的期待，
他綁得好緊，希望我在飛揚的時候，羽毛不會掉落。

我牽著selal的手，好比海浪，跟隨老者，同步起跳。
我們像看不到的風，是老鷹的飛翔盤旋──
（多希望我們一直在空中，那樣的高，不要掉落。）
我們像海浪的頓力，在大海裡漂浮──
（多希望我們彎腰的力量，像大浪，一直不停止。）
我們的舞姿在空中飛翔，像山的高峰；
我們的歌聲在海裡起伏，像山的深谷。
老鷹在飛翔，從海洋到山林；我們在舞蹈，從高山到深谷。

我是舞者，是起跳的頓力。
從高山到深谷，從海洋到山林。
深夜的結束，忘了身體的疲憊。
一天一夜的ciopihay，汗水，從未停止。

selal　年齡階級組織裡，同一階級的伙伴互稱selal。

ciopihay　戴羽毛的階級，指年齡組織裡青年階段的前五級，分別是miafatay, midatongay, palalanay, miawawway, ciromiaday。

toko

排泄物 好比古老的文化，那常常是自己避之唯恐不及的。拉黑子‧達立夫用toko詮釋作品與自己的文化。

toko用他自己的大便，讓自己長大。

有一些人對自己的文化像是避之唯恐不及的，

但那是**toko** 的排泄物養活了我們，長大了自己，

用自己的**排泄物**壯大自己。

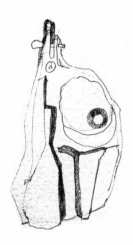

站立者對孩子說

孩子，你到很遠很遠的地方，希望你是狗和老鷹一般。

當你走得很遠，更需要kakacawan，因爲要休息。

當你的速度越快的時候，你不會忘記你的階層是ciopihay。

當你發現那個世界的時候，不要忘記頭上的羽毛是父親給你的。

當你思念部落、親人時，用狗的聲音傳遠給你的階層。

用你銳利的眼睛找到方向。

用你狗的嗅覺找到回家的路。

當你想要找回自己的時候，用這一首歌來感動自己、反省自己。

wawa ano tayra kiso i maraayay a sera mamaan malecad o waco ato
arekakay.
ano maraay ini ko kakacawan kopihifangan ano hacikay aka
tawalen koselal iso a miawawway.
a no maaraw iso koromaay aniyaro kiso aka tawalen i falohang
painian no mama ko opih iso.
Ano mailo to niyaro ato malinaay mafana kiso to soni no waco.

1998年夏季，拉黑子·達立夫為
優人神鼓劇團製作「精神山」作
品一組，呈現於法國亞維儂戲劇
節。當作品準備出發遠行的前一
晚，老頭目Lekal Makor為作品
與拉黑子祈福所說的祝禱詞。

napololan 集結的所在

是大地的線把人連接起來，

是女性的線把所有人的衣服織起來，

是線把人的思維連起來，

是母親的手把苧麻線線綑起來構成polol。

古老的傳說，站立者的位置是napololan，

是溯源、思考、

反省、創造、

集結、對談、學習、

訊息與傳達的所在。

napololan 2003年9月，拉黑子・
達立夫與部落青年共同於港口部
落建構一棟創新形式古房舍，
希望能將古老精神在現代空間
機制裡發揮創作，此建築空間
於2004年夏季完工，並命名為
napololan，站立者之屋。

大地的線，把人接起來
女性的線，把所有人的衣服縫起來
点線，把人的思維連起來
　母親的手把線捆起來 構成 poloi
古老傳說中站立者的位置是 napoloian
是傳達思考資訊 对護決定 傳達執行 的位置

上樑

　　napololan空間已經上樑，部落老人說，「**lo　oah**」這個時代就由你孩子來承傳部落的文化。

　　「我在練習……」我說。

　　「你在部落是很不簡單的人了，你不用練習——應該說，你在找尋部落的精神。你就做。」他又說。

　　我聽了感到慚愧，我眞的是在學習。

　　napololan裡一支一支的木頭建起來，心裡想著：希望部落的夢想眞的實現。

　　非常謝謝部落的kapah幫忙，尤其是每天來的人，還有我的太太、孩子。

lo oah　建立、承傳的意思。

建構 napololan

　　進行建構napololan的工作兩個多月了，已經可以看出它的樣子，雖然沒辦法像傳統那樣，但是這樣的建築已經有五、六年沒見過了！

　　進行中時常想起剛剛回部落時的心情，希望在各部落找到過去的記憶。那時所聽到的都是跟八大年齡階級有關的記憶，譬如：如何搬運木頭，如何建造部落的家園等等，但是所看到的，都是時代RC建築的邊邊，不起眼，沒人去保護的傳統房舍與古老建材。然而我卻從這些不起眼的邊邊，發現了它們的生命，發現了部落青年的精神，更看到屬於過去的榮耀。

　　有時看到傳統建材的家屋，從屋內往上看，還看到天空，已經沒有人使用了，主人在邊邊。有時看到傳統建築的形式，屋頂沒有茅草，裡面是水泥柱與鐵皮。建蓋了時代的水泥建築，真讓人心痛，那時就決定要將這些看到的木頭收集回來。收到最後常常無地方可放了，又開始想，應該給這些傳統木頭新的生命。

　　我們用母語說「住kamaroan」也是「坐」的意思，最後決定做椅子。做了好多的椅子，但是始終認為還沒將loma的精神表現出來——當然我也做了很多其他的作品。

　　十幾年過去，我始終沒有忘記要建構一個傳統建築的想法，所以我決定建構napololan。

loma　家的意思，也是坐下的地方。

站立者

站立者，
是部落的依靠
是部落的建築
你的站立，是我們的方向，
代表著每一枝箭竹，站立在那裡。
讓napololan空間有了安全的感覺，
讓內外的人連接起來。
孩子們令人感動，是明白的人。
這樣的感動，想到阿公，
因為站立者出生在napololan。

站立者

站立者、你是部落依告

你是部落告山

你是部落建等

你的站立 是我們的方向

你代表著每一一支箭竹
站立在那裡。讓 napobian
空間有了安全
讓內外的人
連接起來

我對告一次的孩子非常
感動 你們是個明白的人
這樣的感動 想到阿公、站立者。思索 我我生

寫字與滑鼠

「有不要用的滑鼠嗎？」

「這個給你吧！」

「我要把它擺在作品上，部落的文化將來都要靠這個。全部都是用點選……不好的，唰一聲就滑過，換下一個。部落的文化現在要靠這個，將來也要靠這個。就在這個裡面。」

「你有沒有寫下來呀？」

「偶爾也要出來看一下月亮……」

「說話就像看月亮一樣，寫下字就像滑鼠一樣……」

「你就幫我記錄一下，照你所記得的，大概記錄一下……」

他把滑鼠的線甩來甩去，真的很像在甩一隻老鼠。

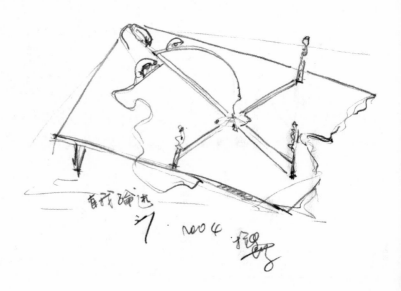

生命・漂流

*

一首古老的歌

在古老的地方發聲

一個孩子從生命源頭出發

發現新的生命起源

一場漂流與人相遇

像在大海裡相遇的漂流木

海浪有時擋住

帶著沉重的生命故事

順著海浪的浮動漂流

也許兩者之間同時發現那古遠的聲音吧

讓不同的生命源頭相遇

在大海裡不斷敘述自己的生命過程

*

在大浪中翻滾猶如在空中飛翔

身體順著海浪的流水流去

海浪拍打暗礁

浪花觸摸身體

彷彿是海洋的青苔讓身體滑動

在沉睡裡　發現原初的觸動

祭歌裡的歌　帶領著

回到母親的懷抱

*

源頭到起源

漂流到盡頭

相遇發現可能

只有那不起眼的小草

讓身體的血液流動

在山海之間

溯溪

*

聽不完的歌聲在源頭裡順著自然的聲音流下

路程好遠在孤獨裡發現生命的力量

在清澈的水裡發現了自己

在冰冷的水裡聽到自己的聲音

山谷的風教會我們如何將聲音傳遠

一場漂流只有一草一木明白吧

發現生命最後的出口

*

身體在溪谷裡漂流

像千年被沖刷的岩壁線條流去

夢境發現身體裡面的聲音

彷彿回溯生命交錯裡看到自己

沒想過躺臥中發現童年的記憶

在溪水裡自然的香氣與身體滲透

夢的孩子

是夢吧　　站立者tireng

你的身體讓很多的孩子學會站立

一群孩子來了

從很遠的地方來

聽你的聲音

說海浪的故事

他們想學會海浪

他們的來是夢吧

不　我不能告訴你

因為是夢

這些孩子也學會用夢傳唱部落

期待

2002年7月21日清晨8時，
四年一次的升級，
所有部落的人都在等待，
尤其是八大年齡階層，
最重要的，
四年一次。

那一年，我將升上
青年之父，mama no kapah，
這是一生中最重要的階層，
也是部落最高階層。
對我來說是生命的開始，
我將永遠成為部落孩子的父親，
但是我的父親，站立者，
你卻卸下我心中的符號。

時間的美

拉黑子・達立夫的解釋：時間是
白天，白天是亮的，因為是亮的
所以才看得見，才看得見美，也
所以才是美的。年齡階層裡有一
個階級的名字是ciromiarday，
他們是天亮的人，是啓動的人，
啓動去執行、監督、愛一切。

是時間告訴了生命的美

用太多的言語影響思維

思考勝過力行構成自覺力

自然的對話讓心情平靜

停止讓內在產生力量

迎祭原音者

迎接沖刷後的生命

用歌聲的心靈迎送

白天黑夜之間

人去的地方

也是回來的地方

身體全部的依靠

源頭的開始

站立‧位置

活在老者的位置
身體的站立在傳說
你的站立無形
聲音建構有形的位置

我的身體讓他站立
孩子有了位置

你的站立是因為前人的位置
讓你發現這個世界

我站在他站立的所在
永遠傳唱

站立之舞

站立看海

身體好像有了聲音

身體感受到浪的起伏

聲音跟著海浪走

身體跟著海浪跳躍

心靈順著海浪的起伏

從跳躍發現小浪三大浪五

從小浪大浪學會跳

從海浪的聲音學會合

中央站立聽到母親說孩子的舞像海浪一樣

身體像是在海洋

每個孩子的聲音沒有停止

起浪在每一個人的身上拍打浪花

聲音從遠處瞬間傳達到每一個人的聲音

小浪三大浪五的節奏

形成了八個階級

每一個階級代表著一個浪

那站立在中央的父親

形成部落孩子蠢蠢欲動的浪

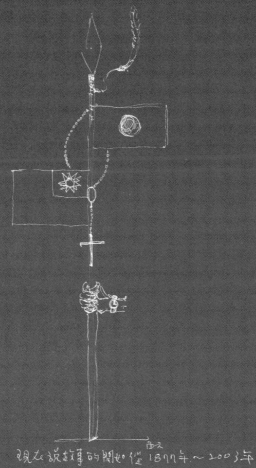

現在說故事的開始從1877年~2003年

Makotaay
很濁的溪水

1877年，Cepo'事件

部落的生存空間與活動領域受到前所未有的衝擊

從此以後

Cepo'的名字變成Makotaay

又變成現在的港口村⋯⋯

Pangcah的名字變成熟番

又變成平地山胞、阿美族、原住民

一直到現在⋯⋯

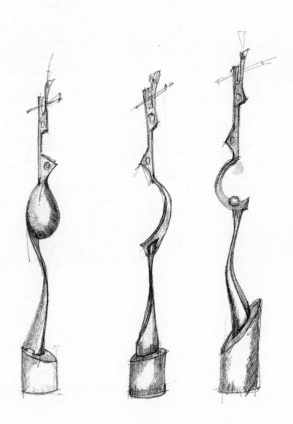

tamdaw
人

harateng sako citorongay	儀式者的思維
tomirengay atireng o mafanaay	能站立的身體是明白的
ciharatengay kita o malatamdaw	構成人　我們才有想法
mafana mangodo ko tamdaw	人懂得羞恥
caay kalecad to koya kita	我們不像其他動物
tamdaw patirengay to niyaro malatamdaway	構成人建構部落是人
ini o ina kocitodongay to orip no tamdaw	人的生命儀式是母親
tamdaw no ina atomama kop ala tamdaway	構成人　是母親父親的人

finaolan

misa tafesiwfesiw. itini ilalan no niyaro adihay ko paliding.
Katalawan ito amitafesiw lalan no niyaro. O soni no paliding ko
pararid saan a matengil. maraw^raw kofaloco a mitengil
naisaurongan korakat tayra isawalian. a milacal to adihayay a
piliding alalan. Katalawan to ko lala no niyaro. O adihayay
nami tafesiw i riyar nai karanaman hatira i kaminaw i molito i
cara ngoros iciarawa. i pakriran ipotal i cacangawan icikokongan
i ciemican i Cepo' hato ipapotalay atawdaw o saka'orip noniyaro
ini oriyar misa falocoan no to'as. Somowal saan ko to'as ini
pakariyar ko patirengay to niyaro. adihayay ko paini no riyar
icowa ko aalaeng. mafana kita maemin makaeng ko pafelian
no riyar. nengneng toromiad mafana kita to riyar orip ita tatiih
awa ma'araw ko riyar. adada ko faloco awa ko riyar caay kaenga
ma'orip. Nano itiyaho oriyar ko painiay to kakaenen no tireng
ita i mananam to tireng ko maeng to no riyar.

老人的走路

kora matoasay.

那個老人走路

你跟你自己的先生

一前一後　一直走

每天同樣的時間　同樣的路程

你的來回

像是生命的吶喊

走路的老人

是什麼原因讓你的身體不斷地重複一樣的動作？每次我超越你，我的速度是那樣地快速，而你是那樣地緩慢，看著每一個自己的腳步。

看到你駝背的身體，這個部落就像你的身體，一天一天地消失。你從來沒有放棄過，你堅持的，就像你在田裡的性格，野草拔不完，你種的東西吃不完，但是每天，你還是蹲在那個地方，走在那個地方。

你從不回頭，順著太陽的光，倒影在你的身體底下，彎著腰駝著背，想著你的孩子為什麼不回來？我知道你的心裡在想些什麼，有一天當我看到你獨自一人行走的時候，你的心情是「阿公走了！」

我很想告訴你，我注意到你了，甚至於我是多麼的希望讓你知道，當你跟部落的老人們坐在一起的時候，我一直凝視著你的每一個動作。我可以看到你內心深處的憂鬱跟擔心，「孩子這麼多卻一個都不在家裡，唯一留下的兒子又跟我一樣每天在酒瓶裡陶醉……」。

我真的不知道部落在這個文明的時代裡，為什麼會是如此的下場？

o faloco iso masamaan hakiya. 那你的心裡到底又是怎麼想的呢？

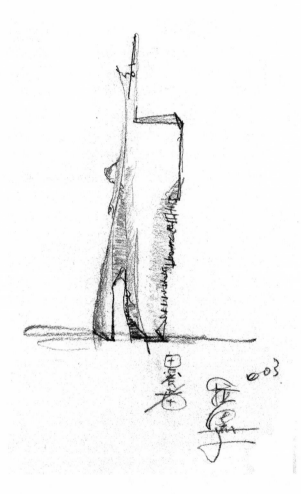

ci Mangli，芒力

malasang to ci Mangli. 你又喝醉了，**Mangli**！itini kiso Mangli. 在這個部落裡你好像一直扮演最真實的角色，你是不是也一直活在你曾經聽過的、最多、最讓你永遠無法忘記的傳說裡，不斷地過著那樣的生活，跟過去。

itiyaho ira ko katengilan kisonan. 曾經，聽到你的豐功偉業。kahacikay kiso caay kacahcah tanosaripasan a tamdaw. 人們總說你不會累，你不會喘，你的速度真的很快！

o maan ko pahaenay hakiya？是什麼力量讓你可以這個樣子？

no pararir kiso a malasang torafak matayal kiso. 你每天醉，但是第二天早上，始終是最早起來最早到田裡的。你是最認真的，你可以用最傳統的方式，到自己的田裡，用走的，不斷地走。如果喝了一點酒，你會用歌聲陪伴自己。多少人說你又喝醉了，但你是最可以反應部落與這個時代的人。

你知道你曾經的曾經嗎？kisonan kiso masa tamdaw matooway kiso midodoay to demak no matoasay. 就像古時候的人一樣，一直用最傳統的方式扮演自己，完成你的願望。過去的你，十幾歲，參加過無數次台灣省的馬拉松比賽，甚至於代表台灣出國比賽，非常優秀的運動員，可是kalalasang kiso. 到現在，你一直醉。

不知道為什麼，有時候聽到你對現在部落的孩子說，「要加油！」但是我看到你每次酒醉，有太多話要說，是不是要反應你對這個時代的感受？有時候，你專注著自己的工作，一言不發，我相信這個時代對你，有太多的不公平。

Mangli 部落老人的名字。

尤其是在這個部落裡，你一直扮演誠實實在的人，你是那樣的渺小，那樣的不起眼，caay kiso pisafana'fana. 從來不表現自己的能力，ko mahapinang ako ko faloco iso. 其實，你是一個非常有能力的人，是一直活在祖先留下來的傳說裡的人。mitengil kiso to kongko hanaw mahaen ko harateng iso. 你一定是延續著部落傳說裡精神的人，不管是你的能力也好，或是在其他各方面，你一直是最眞實的。但是有很多部落的人，都活在不確實、僞裝的時代裡。感覺你，非常自在的人，酒醉時你不會嚷嚷，也不會對人粗魯，很誠實的將生活面向表現得清楚實在，但是你知道，這個部落已經不是這樣了。有太多人在自己的臉上戴著面具，裝扮成嚴肅的樣子，其實很不自在。samaamaanen.但是又能怎麼樣呢？ ira orayray ko mialaay to faloco iso. 你只能用歌聲來安慰自己！只有你的勤奮可以讓你的身體感到舒暢！只有你的沈默可以讓你回想起過去的成就。

　　caay kiso pisahakeno to niyaro. 你從來沒有忘記這個部落，部落裡任何大大小小的事情，你都會參與，但是你總是最邊緣的人，最不起眼的人。你總是安分的不表現自己的能力，不管是演說，或是你的視野，或是你曾經去過的地方，其實你是最有資格展現的人，但是你一言不發。你知道有多少部落的人是那樣的虛僞，但是不知道有多少人能眞正看出你心裡在想些什麼。 Mararom kiso amiharateng kiya to aniniay tamdaw. 你一定非常難過看到部落現在的狀況吧？或許，你也是活在這樣尷尬的時代裡吧？

　　你一定很想追溯 Lekal Makor。

Lekal　Makor有他過去的時代，有他過去的環境，而你芒力，現在又不同了。文明沖刷著部落原有的運作，amanen sakiso kiya. 也許你認為無所謂，但是你的身體依然是原來古老的你，ini orayray ko sapiadah sakomako aharateng. 真的，最後只有用你高亢的歌聲，讓你持續活下去。

　　ira kosowal iso. 你曾經說過，只要部落的孩子願意真正去發現，有一天他會看到自己。只要那個孩子用心地發現自己，他會看得更遠。低頭的時候，你說，「我的速度已經在目的地了，當我在目的地的時候，我的赤腳已經感覺到非常的輕鬆了！」當部落所有的榮耀在掌聲的時候，你已經酒醉了，你不斷地自言自語，「……都已經過去了！」最後，你還是推著一輪車去收集別人家不要的東西，拿去餵豬。

　　曾經，你是台灣赤腳從台北跑到高雄的第一高手。曾經，你是部落還沒有人能夠跨到其他國家的時候，你是第一個用速度去呈現的人。但是你也從不炫耀。

　　明知道你的歌聲在部落是最棒的，kasa你從來不輕易唱出口，只有在你孤獨的時候，唱給大自然聽，ini orayray ko sapiadah sakomako harateng. 也許這就是部落孩子想要找的、要看的。

　　maacek nengnengen koya misakowaykoway. 真的很不想看到自以為是的人，但是這種人，現在的部落，真的太多。

　　那樣的髒亂，那樣的言語，那樣的醉像，那樣的口氣，一點都不適合這個部落。你芒力，這樣的存在，給部落一個強烈的對比，這也許是要讓部落多保留一些希望吧！

　　nalemedan to koni. 真的，是因為夢！

那個老人說故事的笑話

那個老人說故事的笑話
一群人為死者的家屬一起守靈，黑黑長長的夜，悲傷、思念、悔恨、傷心與難過瀰漫在空氣四周，低低沈沈語聲ㄅㄅ嗖嗖，但是Hadingding的笑話會讓大家感到溫暖，悲傷難過中的無限溫暖。

maapa 傻瓜的意思。

我怕在黑夜聽不到有人走的時候那個老人說故事的笑話，我感覺到那個老人，每次看到他都是非常快樂，尤其是在他說故事的樣子，所有悲傷的人都笑起來了。

他的名字叫Hadingding。每次說到最精采的時候，他都會說不要說了，我太太會說，又開始maapa了。

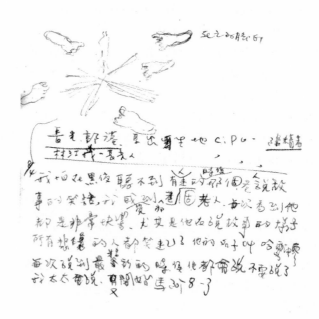

媽媽們的聚會

黑夜中，一群婦女把寧靜的部落夜晚給驚醒了！

maemin to ko lomalomaan mafoti ka ira koya patawsiay fafahiyan.她們聚在這個熟悉的位置，部落傳統祭典聚會的廣場，最歡樂的地方，也是教堂所在的位置，一起喝酒聊天。

禮拜天，所有部落的人，尤其是婦女，都在這個地方做禮拜。十年當中，很多年輕的媽媽，從北部一個接一個的回來，家裡的老母親看到這樣的現象，有時高興有時擔憂，因為這裡就業的機會非常缺乏。

這些婦女們的先生絕大部分都在北部，她們幾乎每天都在一起，好像從小到現在一直是如此。他們有說不完的故事，有說不完的笑話，這些故事從來沒有改變過，也從沒有增加。也許是酒喝多了，她們每次說起這些故事都特別好笑，從不覺得厭，ora oraan koya fapainin nala caay kafalic. oloma misowal to ya wawaayho nangra. misolaay talaay iriyar talaay misainainaay ko micaciyawan nangra. 反而越說越起勁兒，也許是每次重複的時候，說不對的地方會讓自己的記憶更清楚，說了幾次，是越來越精彩。

部落裡面沒什麼別的地方可去，有時候會在雜貨店，或是上卡拉ok，婦女們每天過的生活都是一樣，尤其是在黑夜清醒的時候，常常會聽到她們一群部落媽媽們的叫聲或是笑聲，可以感覺到她們酒醉後的心情。從部落的角度來看，尤其是她們的父母親，真不知道該怎麼跟她們說，因為她們都有孩子。

在這一群婦女們當中，lima ko wawa ningra ya salonganay koyaina ningra. nengneng haan koya wawa ningra salongan. sasepat ko fafahiyan ya teloc ningra o fainayan. mato iraeng ko fainayan saan ko ya ina. saka cecay fafahiyan, saka tosa fafahiyan, saka tolo fafahiyan, saka sepat fafahiyan, yateloc ningra fainayan. 有個非常美麗的媽媽，很年輕的時候就結婚生了孩子，先生是部落的人。這個媽媽年輕時非常漂亮，身材又好，這從她的孩子就可以看得出來。最大的孩子讀高中，最小的唸幼稚園，只有最小的是fainayan，是個男孩子。這一家人原本一直住在台北，這十年間不曉得什麼原因，突然回來，一回來就不再離開了。

他們的家在教會的左手邊，一個平房。剛回來的時候，夫妻兩人一心想要作小生意，賣麵，主要還是賣檳榔，掛的招牌名字叫sakana，日本語，也是她先生的名字，魚的意思foting。先生每天打零工維持家計，有時晚上或白天空檔的時候，就下海捕魚，偶爾部落的人晚上在小店裡喝酒，可以供應這些食物給他們當小菜。他的店在部落的下方，緊鄰台十一線，剛好在一個大轉彎的位置，非常的危險，部落的人常常會停在小店前買檳榔，摩托車就放在路邊，因為他的孩子很多，真的非常危險。

這個店沒有維持幾年，就關了，也許是沒有收入吧！因為先生也會喝酒，太太又非常的好客，他們的客人又都是部落的自己人，有時候客人來這裡，先生也坐在一起，客人醉了，先生也醉了，錢也沒收。也許是因為這樣的原因，沒賺到錢，只好關門大吉。

孩子一天一天的長大，最大的孩子從國小畢業，突然之間就唸國中了，父母親的壓力愈來愈大。父親的工作一直不穩定，

有時候先生很早就起床，拿著熟悉的工具，鐵鎚、釘袋、手鋸等等，掛在腰邊，騎著摩托車出去，大家以為他到隔壁部落打工，每天如此。妻子有時也會到其他地方打零工，但是時間久了，看得出來，家裡一點收入都沒有。才發現，先生每天早上起來，傍晚回來，家裡的人都以為他去上班，其實都在隔壁部落。是找不到工作？還是不願意工作？

她的先生年輕時就入贅進太太的家，因為是入贅，在家裡的地位不怎麼重要。身為一個入贅的人，就要擔負起這個家的一切。他的岳父，除了種田，上午會送報。父親看到孩子一天一天的長大，真的不知道該怎麼辦。而母親也寧願是這個樣子，常常跟這一群婦女打成一片，也許因為這一群婦女們都是單親媽媽吧！

部落有很多單親媽媽。另外一位媽媽有一個孩子，這兩位媽媽是高中同學，算是部落裡的現代婦女，學歷也蠻高的。

一個孩子的媽媽也是在這十年內回到部落。也許是因為家裡開雜貨店，從小，父母親對她的管教比較嚴，對如何栽培孩子很有自己的意見。她的家在教會前面，是美麗的媽媽這一戶下面的人家，距離非常近，大概只有五十公尺。她們常常在一起。

一個孩子的媽媽在雜貨店旁邊隔了一個小空間當工作室，喜歡服裝與設計的工作。部落的人會請她縫製ilisin的服裝，自己也有心在這個領域裡發展，但是在鄉下，發展非常有限。這位媽媽有時候會跟這些婦女們討論一些想法，如何發展自己的未來，但是幾年下來，成效並不好。她也跟老人學編織，對年輕的婦女來說，她的編織技術算是非常好的，只可惜在部落製作的這些東西，因為沒有良好的規劃，始終沒有發展的空間，

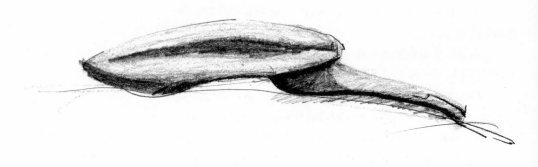

時間久了，一群婦女們還是一樣，到了晚上就聚在一起。

　　這位媽媽的孩子已經讀國中了，說著孩子跑到台東唸書，自己捨不得，也許孩子是她唯一的依靠吧！而她的老母親也因為自己的女兒是單親媽媽，有時候看著女兒的樣子是非常難過、擔心的，常常是低著頭訴說，因為在媽媽的眼裡，部落都應該是可以以孩子為傲的。這位單親媽媽能獨立照顧好自己的孩子其實是不容易了，但是老媽媽還是一樣每天嘮叨。而女兒始終是用親切笑聲的方式來安慰她的母親。這個家裡也因為父親過世沒多久，可以感覺到冷冷清清的，也只有這些婦女們聚在雜貨店門前喝酒聊天的時候，讓這個家裡的氣氛感覺到溫暖。

　　有一次，這一群少婦在聚會後面廣場的右側，一棟兩層樓的房子裡聚在一起，已經很晚了。房子的女主人也是嫁給部落的人，也許生活過得比較好一點，年紀也稍微長一些，有個固定的工作，算是裡面的大姊，她多少可以控制每次的場面。她在一夥人裡面總是愛嚷嚷著，她是每次說故事的源頭，也是整理控制秩序的頭頭。某部分來說，她在裡面還彎會帶動歌舞的，她的笑話也很好笑，也許是笑話裡面有很多黃色故事吧！她可以把部落每一個男人的故事都用她的方式來詮釋。這三位婦女，其實在部落裡算是某一種現代的象徵吧！

　　另外有一位也是如此。這位單親媽媽住在教會廣場的正後面，年紀也大了，早期出外工作。她的家族在過去可算是部落最大的家族，也是非常重要的家族。十年前突然回來，父母親都不在了，唯一陪她的是讀國中的兒子。她偶爾會在附近的餐廳打工，早上起來出門工作，傍晚下班回來，也是跟這一群婦女聚在一起，有時候是在她家，也許跟她家是位在部落的正中央有關，腹地比較寬，家門前就是部落聚會的廣場。

一群小孩子常在廣場裡玩耍，有的騎腳踏車，有的玩捉迷藏。廣場的兩邊有籃球架，小孩子愛在籃球架上爬上爬下，他們的媽媽就聚在那兒聊天。這一群婦女當中，還有一位比較具代表性的，因為她在部落的婦女裡面具有一定的影響力。她常常會帶著這些婦女們參與部落事務，有時候是教會的事，有時候是部落婦女的舞蹈表演，都是這位媽媽來負責。她好像在部落這群年輕一輩的媽媽裡面是領導者，她敢說敢做，也是單親媽媽。

　　這位媽媽年輕時非常漂亮，現在四十歲了還是很漂亮，她會關心部落婦女的事務，也慢慢發現這個部落對她來說是個依靠吧！她的感情世界很坎坷複雜，有時候看到她跟著大夥兒談笑，但是也看到她內心的掙扎。

　　這一群婦女當中，唯一一位沒有孩子的婦女，她的家在部落的最下方。她看起來很壓抑，也許是有很多怨氣，加上自己沒有孩子。常常看到這位沒有孩子的婦女，酒醉的時候總是自言自語，一群有孩子的媽媽們不時的安慰她，也許是她的家比較不需要讓她擔心很多的問題，也有比較穩定的工作，她算是這一群婦女裡面最沒有負擔的。

　　這一群婦女們常常在一起，她們的聚會也會讓這個部落的氣氛比較活潑一些。

　　那位有很多孩子的美麗媽媽，先生在北部有很長一段時間沒有回來，也沒有把錢送回來，也許在北部沒有收入。這位媽媽目前唯一的收入是參與擴大就業的工作，同時領取每個月低收入戶的補助金費，維持家計。每次這位媽媽跟婦女們聚會到三更半夜，就會看到小姊姊牽著最小弟弟的手，在路邊等著媽媽。有時候姊姊會牽著弟弟妹妹的手回家，但是最小的兒子不肯。

「ci apa mamaan kafotito saka fotian ito tangic sakiso pinokayto mafoti.」媽媽會從一群婦女當中站起身，面向孩子說，「你既然想睡，爲什麼不趕快回去睡呢？你還哭，明天還要上學……姊姊趕快帶弟弟妹妹回去睡覺。」講完了，又坐下跟婦女們繼續聊天。孩子們沒有因爲她講了這些話而回去睡覺，姊姊自己偷偷回去了，最小的二個依然坐在路旁的水溝邊等著媽媽，坐著的媽媽也依然有說不完的故事，說不完的笑話。

孩子的哭聲從路邊傳過來，愈來愈大聲，於是那位一個孩子的媽媽就跑過去，「ati ati tini maro'.」把兩個孩子帶到身邊，其實孩子是希望媽媽能夠陪他們回去睡覺，已經深夜了。

沒有安全感的孩子們，把氣氛也弄亂了，婦女們便一個一個的離開。媽媽只好說，「走，我們回去吧！」也沒牽孩子的手，孩子們走在前面，媽媽跟在後面，媽媽的身高又很高，就這樣搖搖晃晃的往上走回家。

部落的年輕媽媽們，既沒有辦法像傳統的母親那樣，可以很有尊嚴地留在部落，也沒辦法像現代女性那樣能有自己的主見。她們就是部落的現代婦女。

Rara說故事

ay dadaya hala fotifoti to koya loma. kora mako sapiacaan to tamako a micafer toya patiyaman. 深夜了，家家戶戶都睡了，我跑出來到部落的雜貨店買個煙。從家裡開車到部落的雜貨店大概三分鐘。

有一次，同樣的時間，我從家裡出發到雜貨店買香菸，還沒到雜貨店，遠遠地就看到雜貨店的燈已經關了，但是旁邊有一扇門，光從裡面照出來。我心裡想，ci Rara 應該還沒睡？我想問她一些最近工作的事，因為她除了會編織，也會設計部落傳統服裝。ci Rara 在這一群婦女裡面，是比較清楚自己方向的人。

ci Rara的家開雜貨店。我到那兒的時候，她正在自己的小工作室裡忙著處理別人訂製的衣服，她在打樣。我跑進那個狹窄的工作室裡，她的大桌子幾乎佔滿了整個空間，唯一剩下的空間就是最裡面到廚房之間的位置。

我走進去，她很好奇地看著我說，「怎麼會有時間？這麼晚了。」我就從口袋裡拿出五十塊，心裡想，買個香菸，剩下的買飲料喝。

「omaan kosakaedeng cecay a talid？」ci Rara 說，「怎麼夠？五十塊ㄟ，怎麼夠呢？五十元怎麼夠呢？一瓶酒，五十塊ㄟ！」於是我用右手，又從另一個口袋掏出三十元。

「如果又買煙、買酒，還是不夠。」ci Rara說。

我跟著她從工作的場所走進廚房來到雜貨店裡面，發現她的媽媽在看電視，躺在那裡。

「ina, cahokafoti' kiso？」我跟她打招呼，「你還沒睡嗎？」

Rara 部落婦女的名字，與 Cirara都是指同一人。族人習慣在稱呼某人名字時，於名字前加上指稱詞ci，然後才是名字。

「mamafoti kako nohoni.」ci Rara 的媽媽說，「我待會兒就要睡了。」

母親說完話，我看到ci Rara 在雜貨店裡微弱的燈光下，迅速地拿了一瓶酒，然後問我，「你抽什麼煙呢？」賣煙的位置剛好貼著牆壁，我就自己伸手進去拿了一包煙。

「沒關係，錢不夠沒關係，就算我請你吧！」ci Rara 自己拿了一瓶綠茶，把雜貨店裡的燈關掉，走進廚房，回到工作的場所。

她拿了一張椅子坐下，而我坐在她平常工作的椅子上，兩個人就在她工作的場所裡，面對面的說話。

桌子上全部都是她打好樣的紙板，我問她這是要給誰的呢？有人跟你訂衣服嗎？

「喔，這是小燕的。」她說，「這是她的孕婦裝，我想幫她設計一件。」說完又跑進廚房，拿了杯子。拿好杯子一看，是竹作的杯子。

「我們用這個感情杯來喝好不好？」ci Rara 說。我說好啊！於是她把米酒打開，立刻倒了一杯給我。我當下有一些想法：好吧！敬一下她的父親、哥哥和弟弟，這三個人都過世了。她的一位哥哥很早以前就過世了，當兵的前一天騎摩托車，就在部落的墳墓附近出車禍死亡。過了十幾年之後，最小的弟弟也是出車禍死亡。兩年前，父親胃癌過世。我拿著杯子，敬這三位死去的人。

「Safangcalen ko tireng no loma o wawa no miso .」 我說，「

請你們照顧這一家人，全都是你們的家人，照顧你的女兒！」我就把杯子裡的酒全部喝了，把杯子還給 ci Rara。她自己也倒了一杯，喝完，開始聊一些她目前工作的狀況。

ci Rara的母親從雜貨店裡面走進廚房，聽到了聲音，ci Rara說，「ina？」你要睡覺了嗎？「hai！」是的，我要睡了。

母親去睡了。而我感覺到她們兩個人的對話，慢慢地進入了一個比較寧靜的狀態。我跟她談了一些我想要做的事情。我很希望部落在編織、在母語的部分能繼續傳承，讓下一代知道，也讓下一代明白什麼叫編織，甚至於下一代的母語，「就像你很清楚的調整自己的桌子那樣……」ci Rara 也說對呀！

「我常常用母語跟兒子講話，有時候阿媽也用母語跟他說話，但是他聽不懂，我每次都是在中間翻譯的人。」ci Rara又說，「有時候阿媽說，aikora nafi，孫子沒有任何的反應，我就比劃著說nafi是個鍋子，alaen 是拿……」

「如果我們的母語沒有了，我們的文化也沒有了……」她說。

談著談著，我突然問起她未來的計畫。

「我未來的夢想……我希望能繼續編織阿美族傳統的服裝，能持續的走下去，我也會做比較現代的阿美族傳統服裝啊，也可以做比較現代的編織。」ci Rara 說。

「啊你有沒有想要去影響其他的人，你常常跟一群婦女聚在一起，啊她們對你這個工作有什麼想法呢？」

Rara楞了一下。

「有啊！其實我們也常常提到我們自己的未來，尤其是我，從服裝設計一直到現在編織，或是做其他的事情，其實我們這幾個已經慢慢有一些想法了……」她說。

rahitzu
1999

談話的過程中，我心裡想問ci Rara的婚姻。

　　「你的婚姻……好像都沒有看到你的先生……」我看著Rara低頭不說話，又把酒倒進杯子裡，讓我喝，我也很快的從她手上接住杯子，把酒喝掉，還給她。她又很快的倒給自己一杯，喝完，她的眼睛裡有一點沈默。我也沈默著。

　　「唉呀，其實我也已經習慣了。」

　　「怎麼說呢？」

　　「沒有呀，孩子也慢慢長大了，已經到台東讀書了，雖然一開始我還是不習慣……」

　　「那孩子的爸爸呢？」

　　Rara停了一下。

　　「caay ci ina akoi ano o taywan san.」Rara說，「不離的婚姻，因為我媽媽說為什麼是漢人？」

　　「漢人不好嗎？」

　　「其實，我剛開始交男朋友的時候，我媽媽一直希望我的先生是入贅的。跟以前的男朋友交往了五年，最後因為沒有辦法入贅又分手了。第二個男朋友也是一樣，母親一直希望我的先生能入贅……」她說。

　　「現在這個，孩子的爸爸，應該願意入贅吧？」我問。

　　「不必了，孩子都長大了，而且我媽媽好像也不喜歡他！」

　　「那你們這一代的婦女，真的很希望你們的先生入贅嗎？」

　　「對呀！畢竟這是我們的傳統，過去都是一樣呀！」

　　「但是現在不像以前那樣了……」

　　「所以我們很羨慕這一群當中有一個人，她的先生，就入贅到她家裡。」ci Rara說。

　　「mikadafoay ko fainay ningra mahemek kami minengneng.」她說，「我們非常羨慕她，她的先生是入贅的！」

「難不成你們現在對入贅還是非常在意嗎？」

「以前會，現在不會了……怎麼說呢？其實年輕的時候，我看到她的先生堅持要入贅……但是現在，他們的感情也不好。你看，她的爸爸也是入贅到這個家裡，她的阿公也是一樣，入贅的啊！」ci Rara 說，「但是在阿公那個時代，所有的都是入贅的，而且那時候部落的人一直留在部落裡。但是到了她爸爸的時代，她的爸爸有時候不在家裡要到外面工作，不像以前的人，更何況是現在。」

我看著Rara的表情，她對這件事情好像非常難過。而我在想：這兩位現代婦女，很想扮演傳統的婦女，偏偏這個時代已經改變了，又想要扮演這個時代的婦女，希望有主見，但是她們又非常在意部落老人對她們的意見。

突然間ci Rara拿了筆跟紙來，「唉呀！我們這些人，雖然常常聚在一起，其實都是互相依靠的。我們這些人都是從部落到都市又回來，我們都是單親媽媽。」

Rara幾乎是把她們這一群朋友的現實狀況，都當作是自己的事情。

「我們這一代的人真的很辛苦，」Rara說，「又沒有辦法像過去那樣可以用傳統的方式來維持自己的婚姻跟家庭，又沒有辦法用現代的方式來維持我們的家庭，因為我們還是一樣在部落。有時候我們扮演的角色要顧到自己，又要顧到部落，部落依然是用最傳統的方式來看待婚姻，而我們這些人又幾乎都是單親媽媽，我很擔心有一天，我們的孩子會問，『我的父親呢？我的父親是誰？ cima ko mama ako talacowa ko mama ako我的爸爸去哪裡了？』說真的……」

「部落一直不面對這一件事情，有的人會一味的用自己的角度去看待這個問題。我看到的部落問題，其實不只是我們這

一群人……我們除了常常聚在一起，但是我們也會關心部落的事情。好比很多部落婦女的活動，幾乎都是我們在參與呀！也都是我們在做，但是很不公平的是，因為我們的家庭，因為我們是單親媽媽，常常是許多人討論的對象。」

「那些一直留在都市的婦女們回來的時候，她們會說，『你們留在家裡幹什麼？』我心裡想，我自己也是從台北回來的，我很清楚你們在台北是做什麼的。回到部落雖然沒有辦法像她們一樣賺那麼多的錢，但是我們還是過得很自在呀！我們會跟一群人在一起，我們活在自己的家鄉，我們可以照顧到自己的母親、父親，甚至於全家人。在都市呢？上班回來，袋子裡面裝的還不是地瓜葉。我自己也是從台北回來的，我很清楚台北的狀況……你們雖然生活在台北，但你們是台北最邊緣的人，活得也沒有尊嚴呀！你們也還不是都一樣。而我們留在部落的人，雖然沒有像你們那樣賺很多的錢，但是我們過得很自在，很踏實！」ci Rara說。

聽完cikamiko ci Rara 說的這一番話，非常的堅定，非常的有力，可以發現阿美族母系社會的特質。她雖然沒有一個完整的家庭，但是一說到傳統母系社會的習禮——她很愛這個部落，也很愛這一群婦女。

「其實，我們是不會忘記這個部落，雖然我們都是單親媽媽，但是我們會把部落的傳統傳下去，所以我們很在意孩子的教育。大哥，你能不能把這些事情告訴更多的人。」

namisa harateng ratengho kako miala to Cirara to epah. 我還在思索ci Rara說的話，ci Rara又拿起杯子，開始倒酒，倒得太多了，「那個酒，唉呀！太多了……」ci Rara自己喝掉，喝完，

又幫我再倒一杯。她突然說，「你看那個Hapapoay……」

　　她在部落裡的壓力非常大，因爲她的家族是非常重要的，是部落的中心與依靠，以前部落所有的巫師、儀式，都是由這個家族負責，甚至於ilisin祭典的開始，都必須從她家裡舉行，然後再到部落的廣場。有時候她得承受一些部落的輿論，因爲我們傳統ilisin集會所的這塊地，就是這個家族賣給教會的。我們現在在那塊地上跳ilisin祭典，都要付錢給教會。

　　有時候我在想，她到底該如何面對自己？

kapah

　　最近常常和**kapah**在部落、學校打球，發現他們非常可愛，彼此相處得非常好，感情也很好。

　　他們相處的方式很簡單，談今天做的事情，說今天的笑話，講近況。他們對球類活動很喜歡，有的動作非常好，有的非常好笑，這樣的氣氛讓部落的人也笑個不停。孩子們有的在看，有的在玩，有的一群，把現場的氣氛都活起來了。

　　以前我很少跟他們這樣玩在一起，現在慢慢的，靠近了，常常聽到他們叫大哥的聲音。他們的工作都是很粗重勞力的。冬季，他們出海射魚，有時到海邊，有些人做零工，有的到山上放陷阱，他們就這樣過著，每天也有說不完的笑話。這樣的工作對我們來說也許沒什麼，但是我們不能否認這樣的工作並不是每一個人都可以做的。我們要尊重每一個人的選擇。如果是在過去，這樣的工作是部落需要而且非常重要的，也是部落的重心。因為他們，才能把部落傳統文化傳承下來。我也希望他們知道自己是很重要的。

　　我們常常都是用自己的想法來看待他們，這是不公平的，他們比我們都自然實在。回來部落十幾年了，一直到現在才發現他們非常單純、天真。

　　我常常會靠近他們，跟他們平起平坐，這也是站立者在部落的方法吧！

　　尊重他們的能力，注意聽他們內心的話，多關心他們，和他們一起說笑話。

kapah　　青年的意思。八大年齡階級所屬的男性，從十六歲至四十三歲，都稱為kapah。

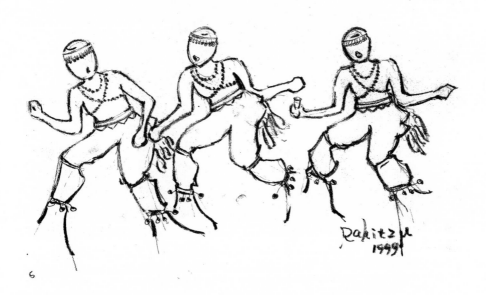

6

現代的mama no kapah

　　mala mama no kapah to kako. 我已經當上部落的青年之父了，這是我一直期待的，也是每一個部落青年的夢想。那樣的期待，那樣的嚮往，從小開始，一直到進入年齡階級，看到可以站立在自己部落正中央的每一個人。ma'araw ako ciakong ya kakitaan itira tomireng paini to finawlan. 我看到了部落的阿公，部落的頭目，站在那個地方發表對部落的演說，多麼令人驕傲，這是所有部落孩子期待的，希望有朝一日自己能夠扮演那樣的角色。

　　十多年來，除了對自己工作的努力以外，對部落事務的投入，才慢慢發現，部落跟這個時代的衝擊非常大。o loma ira kosingkiw o loma ira kokiwkay o loma ira ko no kaholaman. 政治的因素，把部落的傳統架構打破；教會的進入，將部落原來的信仰也打破；因為被不同文化殖民的過程，部落的價值觀也改變了。

　　十年的觀察，我一直期待部落能在這塊屬於自己的土地上持續扮演好自己的角色，但是現代潮流的瞬息萬變，讓這個部

落根本沒有辦法招架。資本主義的進入，影響了整個部落的生活習慣，對傳統價值的信仰已經完全放棄。當自己進入部落傳統年齡組織的領導者位置時，發現理想跟現實是多麼的遙遠。政治組織取代了部落傳統的權力結構，西方宗教取代了傳統信仰的儀式，這樣的事實現況已經存在很久，也已經改變了部落，改變了人對部落的熱愛。

　　現在，許多儀式與很多事情的進行，都是為了政府、為了教會、為了觀光，早已失去原來的本質，想要改變這一切，但是是不可能的。我看到固守著自己房子的只有一堆老人，他們固守著自己的錢，固守著自己的地，但是都來不及耕種，雜草叢生。唯獨可以看到血氣方剛的年輕人，卻沒有舞台讓他們展現年輕的活力，只好用酒來填補自己的空虛。有時候看到他們在海邊潛水，我想這是他們唯一可以展現的地方，也是他們唯一的舞台。

　　有一次，我跟一群部落年輕人準備辦海祭，在那個黑夜裡，我們一起面向海洋，看著海洋是多麼的迷人！這樣的平靜！

　　「nengneng haan kora riyar masa ko harateng iso？」我隨口問一句，「你看著海洋，你的想法是什麼呢？」

　　「tahidangen aka ko kapah no niyaro aloman kami micelem miala to aalaeng o faloco ako tamahemek.」年輕人說，「我看著海洋，很想告訴部落的人，今天的海浪適合潛水，只有帶著他們去潛水，可以讓我高興，可以讓我榮耀！」

　　聽了這一番話，我真的是感觸良多。我相信在過去，部落的孩子一定就是用這樣的方式來炫耀自己，來榮耀自己的能力。因為所有部落的孩子都是要靠這樣的力量來維持部落的傳統。看到部落的沒落，自己卻沒有辦法在現代的時空裡為他們創造新的機會。自己本身是青年之父的領袖，總覺得有責任要去承

擔這件事情，要去帶領他們。但是時代的改變，容得下我有這樣的想法嗎？

　　一群年輕人準備著自己的漁槍，互相比較著漁槍，紛紛在黑夜裡下海潛水，看著他們精神抖擻，聽到他們的笑聲，看到他們的期待，我想這不就是他們所要的嗎？而我們常常希望他們能到都市裡面賺更多的錢，這樣的想法在部落裡已經根深蒂固了。父母一直希望自己的孩子能賺很多的錢，蓋很漂亮的房子，穿漂亮的衣服，帶給家裡現代化的一切，但是他們真的懂這些東西是什麼嗎？這些東西會帶給他們快樂嗎？

　　以前我也曾經希望讓一個很會潛水的年輕人，嘗試去做其他的事情。那個年輕人跟我說，「大哥，如果你讓我做，但是不可以離開部落，因為我看不到海洋！」而我總覺得這個年輕人的想法怎麼會是這樣呢？ano mahaen ko harateng. 想法為什麼會是這樣呢？我最後沒有選擇這個年輕人讓他去做外面的事情。過了一段時間，有一天的晚上，年輕人醉醺醺的跑到我面前。

　　「kaka ano caay ka'araw ako ko riyar caay kafancal ko tireng ako.」　他說，「大哥，我如果沒有看到海洋，我的身體就會有病！」

　　「怎麼會有病呢？」我問。

　　「你知道嗎？大哥，從小我就看到父親在海洋裡面，我所知道的一切都是跟海洋有關的，每一天我看到父親出發的方向都是往海邊，回來也是從海邊……」

　　「年輕人，這個時代改變了，以前你父親這樣的作為是正確的，而現在已經不一樣了。」我說。

　　「你知道嗎？你們所看到海洋的美是什麼？」年輕人問我。聽到他問的這一句話，我愣住了！

「我知道海洋的美！我知道太陽升起的位置，我知道海浪有時候會生氣，颱風來的時候，她毫不考慮的沖刷了所有的一切。」他說，「你知道嗎？還有另外一個地方是你看不到的，是用肉眼看不見的，是用你的耳朵聽不見的，因為每當我的身體潛到海底的時候，你知道我的身體跟海洋接觸的感覺是什麼嗎？」

「在海底，我可以靜靜地發揮我的所能，我的努力可以跟海洋作比喻，我的速度更可以跟魚兒比較，你知道海底的地形長得是什麼樣子嗎？你知道魚兒在什麼季節、什麼時候、什麼地方開會嗎？你知道從**Pakeriran**到**Tafowas**到**Karanaman**她的地形是長什麼樣子嗎？她的深度有多深，你知道嗎？這一切都是我父親教我的！」

「現在我很擔心沒有人可以接替這份工作，以後海底的故事就會減少了，你知道嗎？海底的故事有多少，當你在射一條魚的時候，你是用追的呢？還是直接射？它不是這樣，是用很多的方式很多的技巧，才有辦法抓到這一條魚。」

「你知道嗎？當我在射這一條魚的一剎那當中，我心裡想的不是要拿這一條魚，而是，我射這一條魚，我希望生病的爺爺能夠享用這一條魚的身體，跟他一起分享……」

「你知道嗎？當我在追逐一條魚的時候，魚會等我、會讓我……你知道，在瞬間裡面我會射牠嗎？同等的生命，你知道在裡面可以體會到多少的事情……」

年輕人說的話，讓身為部落青年之父的我，感到愧疚。自以為是的我，以為可以在這個部落裡面為所欲為，聽了年輕人的一番話，讓我重新認識另外一個深層的部分。

一直留在部落裡的年輕人有十幾二十個，他們從不放棄、從不離開部落的海洋。現在我會這樣想，如果這十幾二十個人

Pakeriran 部落北邊，石梯坪附近海中珊瑚礁島名。

Tafowas 部落北邊，石梯坪附近海中珊瑚礁島名。

Karanaman 部落北邊，石門附近海岸地名，指石門洞，古時是族人習慣吃早餐的地點。

老了，甚至離開了，屬於這個部落對海洋崇敬的神話，也算是告一段落了，未來對海洋的認識已經沒有了。你相信嗎？下一個世代住在部落的人，雖然面向海洋，但是卻看不到海洋。

常常看到部落上面的年輕人，成群在海邊，一個區域一個區域的聚集在那兒潛水，或是垂釣，我常常會走到他們準備吃午飯的地方，毫不客氣的看著他們的魚。

「大哥，你來吃呀！這個是新鮮的魚，」他們會邀請著我說，「我們只能抓這麼多，因為明天還會有，如果你還想吃，我們明天可以一起下來釣魚潛水呀！」我卻從來沒有跟他們一起下海潛水過，因為我沒有勇氣。自己會想，怎麼會是這樣？小的時候我也常常跟他們一起下海，長大了，為什麼跟海洋的距離卻是越來越遠？

看到他們在海邊的礁岩上靈活跳躍，看到他們站在礁岩上的神情，安靜地等待魚上鉤。有時候海浪很大，他們依然可以排除萬難，站在礁岩上。他們對海浪真的非常瞭解，他們可以聽出來海浪的大小，知道魚線要放多深，好像他們都很清楚海的深度似的。

這樣的感動與體悟，讓自己開始有了新的想法，我不會再用嚴厲的語氣或是不禮貌的態度去苛求年輕人，他們的生活態度正是讓部落的海洋文化可以持續下去的主要動力，只有他們可以把海洋的生命詮釋出來，因為他們最清楚海洋，如果這些人不在了，這個部落的海洋文化也會消失。

c_i將將是一個非常厲害的潛水高手，伊佑‧安查是多麼的厲害呀！他們瞭解海底的世界，因為他們的父親，甚至於上上一代，都是海洋的孩子，他們對海洋非常的清楚，只有他們可以延續海洋的生命。他們真的稱得上是部落海洋文化的傳人。

年輕人

不去思考，但是他都有在工作。

他每天都是海邊，晚上說話⋯⋯

每天都是這樣！

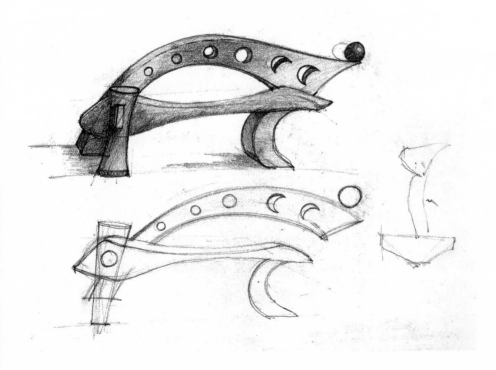

他們

每天都說同樣的故事,故事裡的結論都是榕樹下。
跟古時候一樣,每天都用這樣的生活來面對海洋,
早上醒來的第一件事情「天氣是否很好?」

他們在家裡走來走去,他們的話都說不完。
每天都很起勁兒,但是心裡總是空虛。
以前廣大的海洋是他們的舞台,而今
每天在海洋,眼神是無所事事。
只有每年的颱風,讓他們清醒一下。
只有在颱風天之後,沉重的心情,表露在臉上。

摩托車的聲音不斷地繞來繞去,父母耳邊聽到孩子沒事做。
他們集結的地方,哈拉家門前,說的是颱風前的故事。
受不了了,還是去了海邊,
海洋混濁了,岸邊堆積了像小山的漂流木。
這時,有人帶著他們用過去的心情搬回木頭,不是拿來做柴燒。
記憶喚醒了他們新的笑話,海邊的故事除了是海底世界之外,
也可以在漂流雜木中找到自己的木頭。

哈拉　部落男性族人的名字

他們很孤獨，孤獨到舞台沒有辦法展現他們的實力。

聲音傳到台北，神情裡都有傳說中的衝動。

但是沒有人發現，一切來得太快。

有人帶著他們溯了每一條溪，孩子說我從沒來過。

有的說父親曾在這裡打獵，他們還是很困惑。

他們不知道身體要放在什麼樣的位置，

唯一期待的是颱風來臨，

吟唱的祭歌是唯一的依靠，唯一的驕傲。

生命內在的舞台，好像是夢，好像颱風來的時候。

唯一讓他們清醒的，也許就在呈現的不起眼的作品裡吧！

他們的心裡就像部落的名字一樣混濁。

我的族人

我的族人

是空氣、是水、是無形。

一個名叫Ko cing的小孩

也不知道她的先生在北部到底有沒有工作？孩子們早上起來，準備上學，沒有早餐。

弟弟妹妹還沒有起來，姊姊去叫醒媽媽，媽媽趕快起來，嚷嚷著，「姊姊幫弟弟妹妹準備衣服……」姊姊去找衣服，媽媽找不到衣服，最後弟弟妹妹還是穿著跟昨天晚上一樣的衣服。媽媽就發動摩托車，衣服也沒換，昨天晚上也是這樣就睡了，一起擠在一輛摩托車上，往學校的方向出發。中間停在一個部落的雜貨店，是部落的孩子吃早餐的地方。

突然間有一部車開過來，停在雜貨店外邊，車上的人遠遠看著他們，媽媽載著孩子們。

車上的小孩子不是當地的孩子。

小孩名叫Ko cing，問開車的人說，「叔叔你看！」叔叔回答說，「部落都是這樣呀！你看他們都很厲害呦！」

「但是他們都沒有戴安全帽。」

「這裡不用吧！」叔叔說完，面向雜貨店的老闆娘，「阿應，一包香菸。」老闆娘把香菸交給小孩子，叔叔就直接開車走了。

這個從都市來的孩子立刻問，「叔叔，你怎麼沒有付錢呀？」

「我們的部落都是這樣呀！為什麼要付錢？」這個叔叔開玩笑的對Ko cing說。事實是，他一個月才跟老闆娘結一次帳。叔叔為了要讓這個外地的孩子經驗部落，於是他又開車到部落的另外一家雜貨店，也是一樣沒有下車，老闆拿了一包香菸交給小孩子，車子就開走了。當然，這個老闆把菸交給 Ko cing的時候，叔叔是用母語說，「anodafak to kako pafelihaw awaho ko payci.」我明天再付錢。這個孩子聽不懂當地的母語。

車子開往回家的路上，又經過部落的人吃早餐的雜貨店門前，叔叔和Ko cing的早餐也順便買了，途中，又碰到騎著摩托車回程的媽媽。接著，又看到孩子們排成一排，靠右邊走路上學。

　　Ko cing又問叔叔，「他們去哪裡呀？他們的學校在哪裡？」

　　「他們的學校在哪裡？就在對面呀！在前面呀！」叔叔這樣子說。孩子們慢慢地走，車子開得很快，回到家裡，Ko cing覺得這個部落非常特別，總覺得這個部落很奇怪。

　　Ko cing突然問，「叔叔，你們家那麼窮，怎麼會有筆記型電腦呢？」

　　「這是別人給的電腦呀！」叔叔說。那都市的孩子，Ko cing覺得無法理解，怎麼會有人給電腦呢？

　　這個部落對都市的孩子來說，看起來真的是非常貧窮，是沒有辦法想像的貧窮。部落裡的家庭，部落裡的孩子，真不知道未來的發展怎麼辦？

　　這個都市孩子Ko cing的母親，對部落抱著希望，希望能夠幫些什麼。但是部落的問題不是一年、兩年或是十年可以解決的。家庭型態轉變的事實，影響著整個部落傳統價值的改變，加上現代教育也會讓這一代的部落孩子產生問號，不管是在面對過去傳統或是現代未來的領域，這一代部落的孩子都要花更多的時間來努力填補。因為傳統價值的流失，又處在一個仍然傳統的社會裡，要如何跟外面社會正常平等的接軌，談何容易！

　　部落的位置非常偏遠，距離造成的封閉讓部落族人不願意真實面對目前的狀況，外面世界的一切跟大家好像一點關係都沒有，依然我行我素，孩子們有一天應該會明白他們的家，或是他們的父母，甚至於這個部落吧！

者播畫魚

天空很多星星

者播說

看到流星來不及許願

對啊

我們第一次到Cacangawan

者播畫了很多的魚

我有幫他畫

者播 部落小朋友的名字，取部落古名Cepo'，音譯為「者播」。

Cacangawan 項鍊的意思，部落北邊沿岸地名。

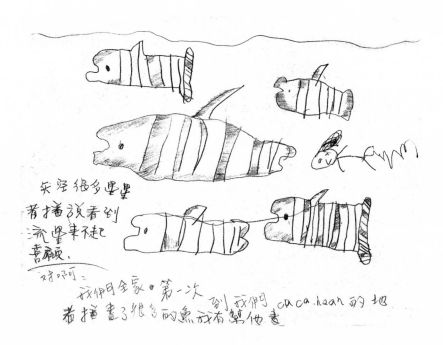

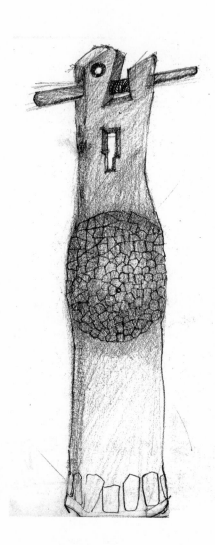

no itiyaho · no anini
傳統 · 現代

生活在現代

但是在心裡想著古時候

想要做到像古時候那樣

但是又做不到像古時候

因爲時代全都變了

老人的舞，找回自己

*

不知道是什麼事情，會讓他們有新的想法，

讓他們在現代中找出原始的力量，

也許是在空虛中找出生命。

部落過去擁有驚人的生命力，

而現代的衝擊讓他們找不到方向，

也許用傳統唱舞演出，找回自己吧？

*

身體的轉動來自唱聲的力量

腳的頓力是體內的能力

這一起的行為構成空間

外力的能量構成儀式

*

一直唱一直唱……

唱聲讓自己的身體在無形空間迴盪

身體取得感動

擺動讓空氣的流動在自己的身體

汗水感到冰冷

*

很美的海洋！

每次看到我的族人，

似乎沒有辦法讓自己感受到

自己是處在最好的位置，

任何地方都是最美的，

把自己的心境停止⋯⋯

夢

ina的夢

你們要離開部落,我不放心,

在心中請求我們的祖先。

深夜裡,部落的央苗長大了好穩,

你們是否安全到達了?是否一切順利?

白天,還是想著你們何時回來?

央苗、星星、兩朵花、兩位智者

一片片好綠的梯田,央苗長大了,我們是否順利?

深夜的夢裡有兩個星星,好亮好亮,我一直看著他,

沒注意我站的位置有兩朵花,

我對你們的擔心,我請求mama tangay、Lekal Makor。

看到你們平安回來,我的夢也醒了。

一片片好綠的央苗,孩子長大了,

從天上掉下的星星,長在部落的兩朵花是智者,

ina 的夢,部落孩子的開始

夢 2004年春季,港口部落青年應民間企業之邀北上至遠東飯店舉行木雕創作展,臨行前部落長老們以夢對青年們的遠行表達期許與祝福。

ina 母親的意思,或對女性長輩的尊稱。

史苗裡裡兩朵花．兩位智者．

一片片好綠的場圍 史苗長大了我伸可 是否順利？

在孕須的夢有兩個裡裡好亮好亮我一直看他

我沒有注意．我站的位置有兩朵花．

我對你們的關心．我請求 mana tahay。
tka makooi

我看到伸們不安回素飛的夢也飛了

一片片好綠的史苗孩子長大了．

從天上掉的農裡．丟在部落的兩朵花足智者．

ina的夢 部落孩子的開始

有心的mama

那四個站立者　刺竹的夢

蠟燭頂端直衝的大火　好高好高

風好像是從地上吹的

火好高　火不滅

三個站立抬頭的人

四個站立者　為了部落而站立

部落的孩子說我用四根刺竹作望樓

孩子們平安回來了

你看到了你想看的世界

mama 父親的意思，或是對男性
長輩的尊稱。

有心的 na ma.

那41個站立 刺竹的夢
刺竹頂端 直衝的女好 高好高
風 好像是從 地上吹上面的
火好高 火不滅.

3個站立指頭的人啊 , ka造 花.
41個站立者 伴我了 部落的帝立站立.
部落的孩子說我用千根刺竹做望樓
好好你們平安回來了.
你看到了 你想看到的世界.

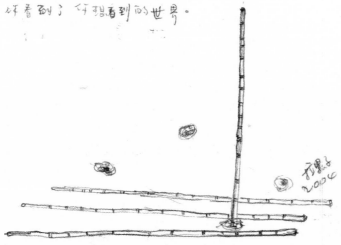

從美國回來之後

　　屬於我的部落的古老美好時光，是真的如此足以傲視其他族群嗎？我現在的部落，是真的像我口中說出的如此的優秀嗎？是我無法承認自己族群的衰退與文化的沒落與適應現代社會的不良？還是我自欺欺人的一直讓自己活在美好的古老時光裡，不願意醒來？又或者，我可以試著再創部落的生機，讓孩子充滿自信，讓年輕人充滿榮譽感，讓老年人的心靈得到安慰，讓自己也從付出中，從部落再生的力量當中得到繼續往前行的力量。

　　我多麼希望，當我再有機會出發或遠行時，我不再是孤單一人，我不再是只擁有過去族人的生活智慧與文化精隨的人，我也是傳承與創造的人，我會帶著我現在部落的智慧與生命力，猶如古時候的老人與大自然相處留下的文化遺產供後人學習，我會帶著現在的年輕人與現代文明社會相處留下的成果與痕跡與世界各地不同的原住民作經驗分享與成果交流。

　　然而，我到底該如何實踐與推動我的想法呢？文化傳承與教育工作的結合，是否可行？如果學校能成為部落族人活動的地點之一，部落文化是不是可以自自然然地成為孩童學校生活的一部分，成為孩童學習的一部分；而孩童們學習的精神與探索的好奇心是不是也可以成為激勵部落族人做好榜樣的上進心。

從美國回來之後
2000年，拉黑子‧達立夫獲亞洲文化協會（ACC）年度美術類台灣獎助計畫，赴美研習三個月。這篇文章是回國後的心得感想，由拉黑子‧達立夫口述，梁琴霞整理撰稿完成。

環境

*

我的歌聲是因為我的腳步順著礁岩

我看海浪使我學會了舞蹈

我走到山稜線使我的歌聲高亢

這三條線構成了東部最美的文化

*

蹲在梯田上，我的心動得好大，

我在舞蹈，我在歌唱，我好安靜。

我能感覺那清澈的水，

水好急，我的心舒暢起來，是因為找到了出海口。

海浪浮動的好強呀！但是我的心靈卻平靜了。

我抬頭看海洋，真的好平靜！

*

我一直走回去，走回去，

再一次的走回去，

為什麼我要走回去？

我微彎著四季豆，周而復始，

四季交替，生命輪迴。

我還是一個四季豆。

*

一直唱，一直唱，

聽到另外一種聲音已經在跟我合唱。

這個聲音，沒有唱過，

是不是所謂的祭歌，

我已經跟大自然合唱的歌。

感覺這首歌，

一直唱、一直唱！

*

眺望著海洋，回頭看山的稜線，

我站的是祖先曾經留下的位置。

我的一步，踩到前人的腳印（maarow kako ko ）。

看到破碎的陶片，弧度好比是母親懷孕時的肚子。

我站的位置，不是母親的懷裡嗎？

*

啊！這雨水滴到我的肩膀。我抬頭看雨水。

老人說，孩子，你哭，不要像雨水一樣，因為我看了會難過，

因為我想起了以前的事。

我看你的速度，真的如此快。

不可以再發生這一天的事，如果你的能力是這樣的話，

你就像那嫩枝一樣，我輕輕就可以掰斷。

我不想再見到這樣的事，因為我無法承受。

合音

*

　　這群孩子在精神山下用布農八部合音跟部落的八大階級對唱，重要的是八部合音不是布農族人唱的，這樣的相遇是不是在告訴部落多元文化的開始。

　　部落的孩子是否已經感受到他們的能量？也許部落的祖先聽到這樣的合音也感到高興，因爲以前從沒有，過去都是佔有，而今是尊重、學習與分享。

*

火是人的起源，

看到他們也因爲火，

那聲音開始，晚上分享。

我不能再感動了，

部落發現他們的所在是深出的地方。

來吧我的祖先，

你們先用餐吧！

謝謝你們。

*

用歌　將

身體的能量與環境合一

是海水與清水的合一

是不同的人才能合一吧！

沒有變，都一樣

*

在這裡所看的 所聽的

所聞的 所講的

都沒有變

那個 看 聽 講 吃 聞

土地 沒改變

*

我看的那個 都一樣

是外面的改變這裡

變的Cepo' 是因為Makotaay

Makotaay的存在 是Cepo'原來的

講Makotaay都是Cepo'留下的

他的故事 所有的名字

在Makotaay說Cepo' Cepo'不見

看的是Makotaay 他還在Cepo'

看來看去Cepo'與Makotaay

摸來摸去 Makotaay

你們 我們 在Cepo'

我在外說Makotaay

回來在Cepo'

沒有變，都一樣
部落這一百多年來，飄搖不定，
現代世界的腳步快速進入，讓部
落來不及調適，人心惶惶難以順
應，找不到安身立命的所在，飄
搖在古老的榮耀精神與現代功利
速食的衝突裡，不知所求。

Makotaay 「很濁的溪水」之意。
1877年Cepo' 事件之後，部落的
生活空間與活動領域受到前所
未有的衝擊，部落古名Cepo' 更
易為Makotaay，同時意指包括居
住環境、生活方式、信仰價值
與組織架構等等的改變。參閱
p.260之注釋。

走來走去

他們在聽，也在看，也在想，也在做。

聽，不是很清楚，最後聽不到自己身體的聲音。

看，每天都在看，因為看得不變，最後看不見。

因為都一樣。

想，每天都在想，想得很多，想得都一樣，

想來想去，不想了，也沒想法了。

做了又停，做來做去，最後還是停了。

因為做做停停，停停做做，越做越少了。

不知啊！大自然裡，不可以這樣吧？

年輕的生命多麼可貴，留下記憶吧孩子！

是你們改變了自己的一切，都由你們決定的。

聽自己的聲音吧！想想自己吧！做自己不是很好嗎？

為什麼做不到呢？你們有山海的能力，有祖先留下的本事。

給部落的孩子！

不見了，還在看

現代會所
舊的活動中心不見了
20世紀中葉下那老人也不見了
原來的集會所老早就不見了
年齡階級只在ilisin時出現
有一天也許也會不見了

我們所知道的因為我們不見了
他也會不知道
站立者也不見了
有一天我們也會不見
這一切都不見了
下一代看得見了
因為精神山在看

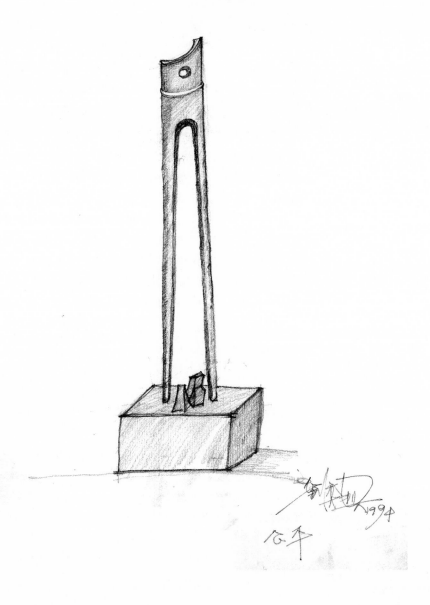

以前的青年之父

我們要蓋屋頂，青年之父卻把茅草一扔，丟進水池裡，水池在很遠的那邊，水很深，又是冬天，很冷，直接叫年輕人去拿，年輕人要潛水去拿，這就是青年之父考驗一個軍隊的方法。

吳光亮事件是比較爲大家所知的。以前我們打清朝的吳光亮，曾經打到花蓮市到太巴塱到成功一帶。如果有哪一個部落欺負其他的部落，也都是我們部落去平定的。以前只要提到的**Kafoo'k**，大家都會聯想到更前面的青年之父其實是更可怕的。

在我的記憶裡曾聽過一個傳說，更早以前，可能是鄭成功那個時代的事情，外敵要消滅一個部落，便先抓著部落的頭目，把他綁在廣場，用刀子一片一片的切割，像鱗片似的，把身體全部切割下來，你想，部落的人還能怎麼樣呢，一有人想逼近，馬上就刺死頭目。我們部落的人聽到這個事，馬上派兩三個階級，兩三個階級而已，因爲還要固守自己的領域，一路坐船，打到成功打到花蓮市一直到太巴塱，還打到太魯閣，去打泰雅族。

以前的訓練是只要你一生病，你就完蛋了，家裡也會跟著立刻被罰。如果說是家裡突然間要進行什麼工作，年齡階級會因爲少了你而少了一份力量，也是不行。如果受傷，是丟臉的事，受傷回家，父母親看到你，第一件事不是先幫你包紮，是立刻指責你，沒有出息，說你丟階級的臉、丟家族的臉、丟部落的臉，父母就是這樣教育下一代。以前的父母其實也不知道如何教育孩子，因爲有年齡階級負責，所以一直到現在，父母親還是不會教孩子。父母會說，我們不知道怎樣教孩子，不能袒護孩子，不能講孩子，因爲以前是整個階級組織來教孩子，但是，一直到現在這個也瓦解了。

吳光亮事件 1877年Cepo'事件，參閱p.260之注釋。

Kafoo'k 1877年Cepo'事件中，率領部落勇士與清軍作戰的英雄人物，參閱p.241之註釋與p.262之註釋。

我也曾聽老人說過這樣的事情，他說，「青年之父蠢蠢欲動，只要是他們覺得不對的時候，可以罰部落。」你看，可以罰部落。

　　「青年之父是領導者？」我問，老人回答說，對呀！

　　「青年之父認為，我在管這個部落時，只要哪一個人，哪一個家族不對、哪一個階級不對，我管你部落，不能講理由。有時候打架，有時候下面的階級比較強悍，我是青年之父，下面的階級想要超越，覺得青年之父太剽悍了，他們太累了，會反撲，四十比二十，青年之父二十，青年之父打輸沒關係，第二天動員部落會議，下面的階級全部站起來先罰一頭牛，青年之父會說，你看我們只有二十人是不是，用木頭打到下面階級的每一個人屁股不能走，看誰敢越矩。青年之父二十四小時動員，哪一個怎樣，就當場……」

　　「那現在怎樣？」我問那個老人。

　　「乾脆死掉算了！」老人回答，「以前的每一個階級都期待有一天換自己當上青年之父，他們說我們一定要團結，有一天我們當青年之父以後才能好好執政這個部落。」

　　「你們看現在小孩子……」我想問他的看法。

　　「算了，吐口水就好，是因為我的孩子，所以才吐口水。」老人說，「你看那峭壁，那山多高，一聲令下，青年之父說，我現在在那座山，希望你們趕快來，當我刀一出鞘，你們還不到時，我就把所有的蘆葦跟茅草全部砍斷，他真的砍斷，下面那個階級就要打那個青年之父。那位青年之父會說，來呀！打我，我就把這些準備好蓋房子的茅草和箭竹一把火整個全部燒掉，青年之父真的把整個燒掉，那個階級一回來就完蛋了。」

「你覺得我很壞是不是？」不等我回答，老人繼續說，「青年之父的想法，我就是要考驗你們，你們怎麼樣呢！」

「但是以我自己的看法，」老人說，「我覺得那個青年之父很不合理，在我以前的話，那個階級要出境，年輕人要被趕出部落。青年之父一聲令下，全部的人要集合，連老人家、連頭目，要公審，青年之父開始講，老人的胸部立刻就要挺，如果老人家要抗議或下面的人要攻mama no kapah時，老人家就不講話，青年之父就說抓一隻豬。我當場在那邊聽，要哭嗎？也不是，要怨嘆，也不是！要讚美，也不是！」

「生不如死！我寧願當女孩子，我看到那個女孩子多美啊，每天在家煮飯啊，把家裡弄好。」那位老人感嘆的說，「我們根本沒有所謂『睡覺』這兩個字，青年之父要開會，青年之父有的結婚了，會回到家裡，但有時會主持會所的會議，他說部落動員，青年之父會先到齊，如果誰沒來，都要去找，如果不在家裡打聽在哪裡，去找，如果是去抓魚，也要派小的勇士去找，天呀！部落這麼大，誰知道在哪裡？你看那個動員令。一點點犯錯，就把家裡的木頭全部繳出來，為什麼，部落的會所裡面不能沒有火，二十四小時在燒，火要有人顧，火代表時間和永遠，火沒有了就等於沒有人，沒有人等於沒有會所，沒有會所等於沒有組織的意思。」

「犯錯的那戶人家，家裡的木頭四十個人搬兩趟就八十把，最後剩下兩把給那戶人家晚上用，那戶人家的長輩說這是我準備多天要用的……青年之父跟一個五、六十歲的老人在講話，青年之父說你再講，我連那兩把都拿走，再罰你兩隻雞，他會說你簡直是在祖護你的孩子……」老人說完，看著我問，「看你能不能創造新的？」我說可能很難，他說要好幾代，「所以你一定要做！」

告訴我這些話的老人現在六十多歲，他說，「三十年前，我執政時把這個緩和了，不然**Kaco**他們會被操死……我自己搬過，一百年前的木頭比這個大，你就是不能生病，你搬東西扛東西會吐血，青年之父都不理你，說你是非常爛的勇士，搬東西吐血，你不配當年輕人。」

　　「那日本人有沒有管你們？」我問老人。

　　「日本人很怕我們，日本人最聰明，日本人灌輸教育，國民政府一來看到小姐就強姦……整個部落的發展史就是這樣。」老人低下頭，不再說話。

　　我很早以前就聽過這些。現在自己是青年之父，自己也帶一些年輕人，心裡的感觸，真的很多。

Kaco 阿美族男性名字。

宗教的疑惑

宗教、信仰，是人創造宗教。

這個問題已經想很久了。

宗教是非常裡面，為什麼形式化？

為什麼人的本能不見了？

連自己的思考能力也沒有？

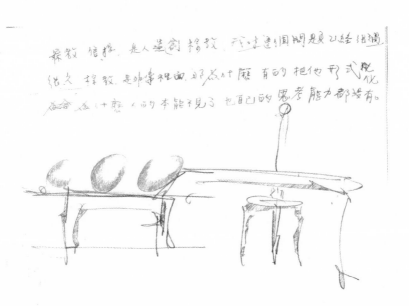

面向精神山

pasalarikor haita amiharateng sakomiso san i faloco.

我們要往後去看。

pakaayaw minengneng to pikacawan.

我們往前看,看著精神山。

namitafesiw tora lotok maaraw koratapelik maaran ko riyar.

透過精神山,後面,看到海浪,看到平靜的水面上。

ini kopacediay to faloco sapatala imaraayay anengneng.

是透過平靜的海洋,讓心靈有一個慾望,想要往前走。

kako aniniay atamedaw caay kafana aminengneng todemak.

而現在的人不像以前那樣,會看著外面的世界。

　　這個部落面臨了無數次的掙扎 mafanato. 我們非常清楚這個掙扎對自己、對族人是個很大的傷害,這麼多年,你說怎麼辦?這個部落雖然還是存活了,但是他們始終是處在不確定的狀態,他們身體裡面的能量依舊是順著過去的一切,對這個新時代的來臨,他們也始終是盲目而無知的。

一本聖經，兩個教會

同樣的聖經，tosa ko sisiw. 兩個不同的教會。 ira koya wawa. 那個小孩子也一直搞不清楚上面跟下面的教會。

polong no wawa sacikaycikaysa isalawacan. tayra ikiwkay komaeng to miloko. 每一個孩子都在部落的廣場上穿梭個不停，ira ko cingidetay, ira kotomangicay. 有的哭著哭，有的鬧著鬧。

ka ira koya wawa. 有一個小孩子，每一個禮拜天，都會被父母牽著手，走到部落正中央的時候，父母親的心情就開始拉扯。ca'a sakora wawa. 小孩子會抬頭看著爸爸媽媽。

媽媽突然說，「今天教會有很多的牛奶，有很多的餅乾可以吃，這邊的教會很大，有很多的小朋友。」

他的父親卻說，「上面的教會雖然很小，但是他的歌非常好聽，不用跪下也不用起立，你要常上去呀！」

好多小朋友在下面的教會廣場跑來跑去，每一個人都打赤腳，天氣很冷，穿的衣服好少。下雨了，孩子們躲在高高的門下，蹲著。

小孩子愣了一下，掙脫父母親的手，cikay sato comikay. 開始跑，跑到一群孩子裡面。所有的人看著小孩子的父親。小孩子的父親低著頭，低著頭，往上走。母親跑出去追上父親，將聖經交給他。小孩子看著媽媽的笑容，非常的燦爛。

所有部落的孩子，鄰居們，朋友的母親，以及這個小孩子，就一直是這樣。

有一年的夏季，ilisin 即將來臨。小孩子仍然搞不清楚上面的跟下面的教會到底有何不同。

豐年祭來了！家家戶戶都非常高興，準備迎接一年一度的
ilisin。小孩子看到部落的年輕人穿著亮麗的服裝，頭上戴著羽
毛在空中盤旋，小孩子用羨慕的眼光看著在教會裡面外面穿梭
進出的年輕人，每一個年輕人跪在十字架前，又站起來又跪下，
孩子不明白這是爲什麼？看著父親還有其他的老人都在教會後
面的廣場等著年輕人出來。這個小孩子依然不明白父親爲什麼
沒有進來下面的教會。一回頭，又看到媽媽在教會裡陪著部落
其他的年輕人，有自己的表哥、堂哥，好幾個表哥和堂哥，都
穿著傳統的服裝。

　　小孩子還是弄不清楚父親爲什麼沒有進來下面的教會？小
孩子遠遠看著父親背著教會。

　　小孩跟其他的小朋友一樣，圍繞著所有在廣場的部落年輕
人，準備搶別人送給舞者的糖果和檳榔，因爲年輕人在跳躍的
時候，放在身上的這些糖果和檳榔，都會掉落在地上。孩子們
擠在微弱的燈光下，注視著每一個舞者的腳步，注意著是否有
東西掉下來。

　　就這樣，一年一年的豐年祭過了，小孩子也一天一天的長
大了。

　　有一年，小孩子的奶奶生病，上面教會的教友下來家裡爲
奶奶禱告，但是媽媽始終躲得遠遠的，看不到媽媽和大家在一
起。小孩子看著自己的奶奶和父親，想從人群裡尋找自己的母
親，但是母親始終沒有回來。所有爲奶奶祈禱的教友離開了，
父親一言不發。過了好久，媽媽終於回來了，但是父親又不見
了。

　　三更半夜，所有的人都睡著了。父親醉醺醺地跑回來，從

門外就開始大聲嚷嚷。小孩子從睡夢中驚醒，聽到父親的聲音從蘆葦梗牆壁的縫隙滲透到室內的空間裡。小孩子聽到父親說，「namosadak o maan ko mahaenay fafahi mafana kiso micoda saw？」你知道一、二、三、四怎麼寫嗎？你會講國語嗎？你會講日文嗎？酒醉的父親大聲地說。

父親始終沒有把他心裡真正想說的話說出來。父親對奶奶生病，上面教會的教友來為奶奶祈禱，但是母親卻不在的這件事，一個字也不提。

母親就起來，也不回應酒醉的父親。父親開始唱一首日本歌曲，唱這首每次酒醉，父親就會唱的歌，常常唱，小孩子都會背了。這首歌cki──i──，這首小孩子早已經熟背的旋律。聽到父親這樣唱，小孩子始終不知道父親和母親為什麼會是這樣？父親喝得很醉，非常非常地醉。

第二天起來，小孩子想要跟媽媽要錢。

「沒錢！你一天到晚要錢幹嘛？」母親說。

「我就只跟你要一塊錢，媽媽，我要買橡皮擦。」

母親告訴小孩，「你不會跟你爸爸要錢嗎？」

小孩子從不敢正面看著父親。而父親在這個時候也走到廚房的後面，有幾個鄰居聚在那個地方。

母親很大聲地說著話，要讓所有的鄰居都聽到，「ci kaepahan pararid komaen toepah ciawaan to epoc awaay ay ko sapicodad no wawa awa……」母親說，「你真的是一個沒有用的男人，你一天到晚喝酒醉，連讓孩子讀書的一塊錢都沒有，真是沒有用的男人……」

母親要讓附近鄰居聽到。她巴不得是全村的人都聽得到。

其實，他的父親早在母親還沒開始嚷嚷的時候，已經準備好配在腰上的那把刀，輕輕地離開了。父親已經走到他熟悉的地方，放牛去了。

　　就在母親大小聲嚷嚷的同時，小孩子覺得很沒有面子，低著頭離開家門，哭著走向學校。所有的小朋友都已經到校了。小孩子因為要不到錢，沒有橡皮擦，一直低著頭。因為沒有橡皮擦，小孩子寫錯的字都用口水擦，最後，那個作業簿的字都是一個洞一個洞的。

　　這個小孩一天一天的長大，終於國中畢業。孩子已經明白了一些事情，什麼是上面的教會，什麼是下面的教會。孩子好像也不用上教堂了。但是家裡常常又會發生一些事情，譬如，會看到父親總是一大早就去抓魚，或是抓魚苗，抓完了魚苗又開始種田。耕種有兩個季節，**pasafa**和**pakaka**，每年如此。

　　但是，每年的耕種與收割完畢，都有一個人來到家裡，把父母親種的米給一包一包的帶走。父親抓到的魚或是魚苗也都是有一個人在負責收，一直到這個小孩初中畢了業，依然是如此。

　　唸國中了，要繳學費，小孩也常常繳不出學費。每一個月的營養午餐費一百塊，父母親也拿不出來。弟弟妹妹又一個接一個出生。小孩的姊姊國小畢業就已經到外面出社會，當學徒，學理髮。他的大妹妹，很愛哭，外號叫sopika傳播器。

　　每年都有人來跟父親要債。有一天爸爸跟媽媽吵架，爸爸一不小心掉到水溝裡，而這個水溝不是一般的水溝，是一條小溪，深度大概有四個人高，掉下來整個鼻子嘴巴都壞掉了。媽媽又在那邊嚷嚷，把所有的鄰居都叫醒了。

pasafa safa是弟弟妹妹的意思，但這裡pasafa是指冬季期間的插秧，因為稻子被東北季風吹過，所以未來的收成不會很多，就像未長大的弟弟妹妹們一樣，是小收割。

pakaka kaka是哥哥姊姊的意思，但這裡pakaka是指夏季期間的插秧，因為稻子被充足的陽光與水分滋潤過，所以稻穀結實完整，就像已經長大而能擔當重任的哥哥姊姊一樣，是大收割。

已經讀國中的小孩，他已經懂得怎麼生氣了。孩子就告訴父親，「如果你再繼續這個樣子，我就要揍你了！」父親沒有任何言語。母親牽著父親到床上擦藥，也許是父親又酒醉吧，他竟然完全不知道痛。

　　這個孩子到國中二年級，已經不常回家了，他在學校找到打工的機會。他跑去跟廚房的大廚師說，「我可以幫你揉饅頭嗎？」這個廚師答應他。

　　「如果你要揉饅頭，就要住校喔？」大廚師跟孩子說。

　　「那如果我幫你揉饅頭，我的營養午餐費用跟住校的費用，可以幫我付嗎？」孩子算一算，就跟大廚師商量。大廚師答應了他。

　　這個孩子幾乎很少回去了，兩個禮拜才回家一次。回到家裡，父母親還是一樣。父親不斷的喝酒，母親一樣的脾氣，吵起架的時候非得要讓部落的人知道不可。孩子看著看著，非常非常難過，不知道為什麼會是這樣？為什麼鄰居的父母很少爭吵呢？

　　慢慢地，孩子讀到國中三年級，沒想到畢業的時候，母親就不要他繼續唸書了。

　　「你要到台北工作，弟弟妹妹還要學費……」母親說。但是他的父親不願意，父親很希望他的孩子可以繼續讀書，他其實一直希望孩子能繼續讀，但是又沒有能力賺錢去繳孩子的學費。

　　這個孩子畢業之後，真的沒有繼續唸書。他離開了部落，像大部分的人一樣，出社會工作。

活在過去‧走在現在

o'orip nira niyaro mato mafalicay to. 部落生活的方式都已經改變了！但是有些人一直用很傳統的方式維持著他原來的生活習慣。在時代的衝擊之下，部落的人已經來不及適應這個時代的生活方式，因為有別於以往的生活模式。這五十年下來，部落的人紛紛往都市發展，很多部落原有的生活習慣，也因為人數的不足有很大的轉變，留在部落的人，還是有，有的是從部落來到了都市，最後又選擇回來自己的部落。

部落整個的經濟來源，都必須仰賴外面。資本主義進入部落，對部落的衝擊非常大，加上政治、宗教的因素，部落原來的生活習慣、思考邏輯都產生很大的改變，也面臨很大的挑戰。留在部落的人，還是比較習慣用原來的生活模式。有時候看到他們靠海為生，有的是按著季節來採集日常生活的食物所需，可說是靠天吃飯，但是依然沒有辦法適應現代資本主義的金錢概念。不管是孩子的學費或是家裡生活的基本費用，都沒有辦法用以往的方式，靠著體力、靠著大自然為生的方式，維持家計。

有時看到部落的年輕人在海邊抓魚，如果是用我們的角度來看，一定會覺得為什麼每天都到海邊抓魚、到海邊潛水？實在是想不透。但是用他們自己的角度來看，幾年下來，他們還是選擇用這樣的方式來過生活。有時候是不能用我們自己的想法來看部落的年輕人，是很突兀。

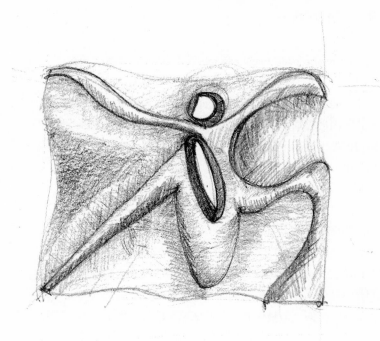

因為部落的整個大環境沒有改變，看到他們常常聚集在部落，每天所談的事情都跟海洋有關，有時會提到小時候對海洋的記憶，也會討論過去的魚貨量跟現在的比起來有很大的差別。部落的年輕人幾乎都脫離不了原來對海洋的看法，他們都是以海為家。冬季來臨，海邊的海菜開始按照季節、按照海浪的大小孕育出來，這是部落年輕人展現他們對海洋能力的開始。

　　東北季風的浪非常大，他在平常垂釣的地方，也如同夏季時候一般，照樣潛水射魚。他們把一整年所有投入在海洋的時間，全放在這兩個季節當中，如果我們是用現代的態度來看，我們會想：你能抓多少？能賣多少呢？能維持多少？如果是用這樣的想法來看待他們，是沒有辦法理解為什麼他們一直是這樣過日子的。

　　真是對不起啊！

從東方昇起的太陽

中間的信仰

每次聽到老頭目對海洋的敘述：

kamo citodongay to riyar. 你們是海洋的負責

wa sakafana no wawa no niyaro ko riyar. 之所以知道海洋是你們教的 讓部落的孩子懂得崇敬

awaen namo a paini to wawa awa ko sakafana nangra. 如果不是你們教他們的 他們什麼也不會

o sakaira no wawa to aalaen kamo painiay. 這所有的一切 之所以讓他擁有了海洋的食物 是你們給的

ano masamaan ko wawa ini i riyar kamo ko citodongay. 如果部落的孩子所有的一切 都是由你們來負責 教導所有的一切

kamo paicelay kamo ko pafanaay to wawa no niyaro. 是你們海洋 給了部落的孩子有力 給了他們一切

anini san tomireng kako i kaayaw namo citodongay misaaiay to sakafana. 我在這裡站立 向你們海洋 請賜給我們對你們的能力

mipaini kako to aniniay a miheca sakaman ko wawa no niyaro.我要感謝你們 讓這個部落豐收 讓這個部落的孩子安全

ini kina ala no wawa apainien nako kamo. 這一切所有的食物都是部落孩子從你的身體取得的 我將回敬給你們

　　老頭目的一番話，十二年來都不變。每次辦海祭，這段話，始終如一。

　　每當他說這些話的時候，一群部落的人，遠遠坐著，好像對這番話有意見。這個人好像是教會裡面的注視者，覺得這樣的一番話，沒有感謝耶穌，沒有感謝天主——這樣的部落，這樣的時代，怎麼會是這樣呢？

十年了，老頭目，阿公，從來沒有放棄過。這些人在後方說著對耶穌要恭敬，倒不如說他自己對環境不敬吧？我非常清楚老頭目為什麼會說這一番話，他是為了讓部落的海洋文化能夠持續下來。我曾經聽過他是這麼樣形容自己對海洋的崇敬：na molowad kako to dafa kasa ayaway ako a tayra. ini misiayaw to riyar wawa anini o riyar ko painiay takonan. 當我清晨醒來的第一件事情，我總是面向海洋，因為海洋賜給我生命！

老頭目終究是離開了這個部落。

有一天，當自己也站立在部落的正中央，才發現能站在這個位置上是多麼的艱難。當自己的聲音傳達到每一個人身上，他們的眼神注視著我，他們要聆聽我說的每一句話，自己站在最高點，發現了這個部落的未來，可以聽到每一個人的心跳，可以從他們的眼神發現他們對這個部落的期待。當我在敘述他們的一切，我總是會說：所有部落的勇士們，所有部落的孩子，你們將海浪帶到你們的舞，你們的跳躍就像海浪的起伏，你們這一切的能力是來自海洋，從你們的歌聲發現海洋的崇敬，從你們的高亢發現海浪的蠢蠢欲動，但是你們的身體始終沒有辦法融入海洋，我從你們的身體發現不了海浪的真實生命，你們的汗水不是用海水清洗的。我都是用這番話來告訴部落的孩子。每次說完這些話，總覺得自己的責任更大了。

站在部落的正中央演說，背後是教堂，自己的前面曾經是傳統部落進行儀式的正中央，但是**那戶人家**，甚至於孩子，都已經很久沒有人回來了。這戶人家的盛衰反映著部落的沒落。部落現在唯一可以驕傲的是一年一度的ilisin祭典，所有的孩子都願意回來，有時候看到留在部落年輕人的絕望或是他們的期

那戶人家 承傳部落儀式與祭典的Cilangasan本家。

待，讓自己對這個事情覺得要特別用心。又看到從都市回來的孩子，穿著華麗的衣服，開著現代的汽車，但是總覺得他們的內心是如此的空虛、不踏實。留在部落的年輕人常常喝酒，要嘛，往海邊跑，但是，他們是自在而天真的。一個部落分爲兩邊，只有在一年一度的ilisin，可以讓大家聚在一起說說彼此的一切。環境不變，人一直在變，不知道爲什麼會這樣？

老頭目說的話一點都沒有錯，「anini konasera safaloconen ita a opangcah, ira to ko amolika ira toko payrang.」他說，「這塊土地已經不是只有我們阿美族，這個土地有了美國人，有了大陸人，我們必須要轉變我們的想法，這樣我們可以生存下來。」這一番話，已經在告訴所有的族人，要謹慎去看待這一件事情。但是有多少人明白這一點呢？甚至於反省、思考自己的處境呢？

部落一切的思維都在改變，四年一次的選舉，每一個禮拜的教會，影響著部落每天的生活。都改變了！

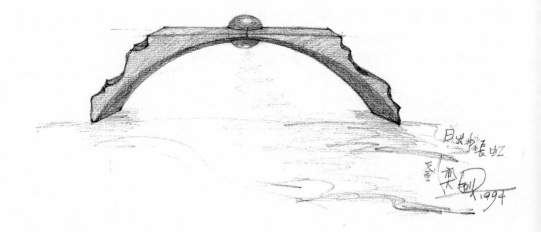

sera
大自然

山的稜線

海的平面與裡面

山海交接的那一條海岸線

是部落的生活空間與活動領域

也是歌舞與夢的領域

站立者自山林溪谷海洋而來

歌

我在山腰上,發現祖靈的腳印,
順著祖靈的足跡,往山頂走,
走上山頂,我發現四周環繞著山稜。

我回頭再看看太陽與靜止的水面,
我要往海與太陽的方向走去。
可是,這路途非常遙遠。
我的父親呀!請賜給我力量!

我的祖父、我的父親都曾經告訴我
這條路是孤單、寂寞、可怕而危險的。
直到有一天,我終於走到靜止的水邊,
我才明瞭,靜止的水面是如此的廣闊,
而渺小如我,該如何走過去呢?

我的父親呀!我必須停止歌唱,
我在這已經有許多的小孩,由我的小孩
再繼續去探望你吧!

舞者

matengilay 聽到風、suni na riyar 海的聲音，

ilisin 是所有人呈現的時候。

舞的架構要從八個年齡階級開始。

風是看不到的，老鷹的飛翔，舞者要戴的羽毛，

海的聲音會讓人起跳，從山頂到峽谷，瞬間的頓力，

八個階級，起跳的頓力。

舞者從海洋走到山裡，舞像風，老鷹在飛翔，

頓力是舞者的精神，八大階級的精神，

ciopihay 戴羽毛的舞者。

八個年齡階級 部落的年齡組織分青年（kapah）與老人（matoasay）兩階段，青年階段共分八級，分別是miafatay, midatongay, palalanay, miawawway, ciromiaday, malakacaway, civiracay, mama no kapah，是所謂八大年齡階級。

ciopihay 戴羽毛的階級。年齡組織中青年階段的第一級到第五級，參加ilisin祭典時要戴上羽毛頭飾，是為ciopihay戴羽毛的階級。

聽到海浪的聲音，準備要起跳。

聽不到風的聲音，看到老鷹的飛翔，是舞者的羽毛。

從山頂到峽谷是舞者的頓力，海浪的高低是起跳的頓力。

海浪的聲音是從內心唱出來的歌曲，

海浪的起伏是八個階級的舞者，

海浪拍打礁岩石是舞者的汗水，一天一夜的舞者，

跟海洋學習，從未停止。

八個階級的架構要從舞開始，八個階級是一致的。

舞的美來自舞者起跳的頓力，來自老鷹的飛翔，

老鷹停留在天空裡，他的舞非常容易。

八個階級的舞是羽毛的舞者，舞者的結構來自頓力。

八個階級的舞連貫起來像海浪，一波又一波，永不停止。

我們的舞像海浪，歌聲的頓力像海浪的起伏。

這是舞者跟海浪的精神，三個階級架構了舞者。

70×30×210 cm

我是舞者！我是舞者！

心靈跟身體像老鷹，起跳的頓力像海浪，

八個階級像海浪一樣牽著手。

起跳一次，領唱一次，

像海浪一樣，像海浪的聲音，

感覺不到辛苦，從白天到黑夜，像海浪一樣，

舞步是一致的，從不停止。

試著像山一樣，風、海、海浪，

我在海面上漂浮，在空中飛翔，

從最高的山頂掉到最低的峽谷

舞蹈的時候，我的心情是，

這就是八大年齡階級所有的舞者。

每年的颱風

koya faliyos她將所有樹的葉子，全部都吹走了！

oya tapelik tata'ak saan marapong ningra koya safafoyay marapong to ko tafowas marapong to pakeridan polong no niyaro maemin pakeridan a minengneng.海浪已經淹蓋了**豬的礁岩**，還有**Pakeridan**、**Tafowas**。

部落的人，全部面向海洋！

maharateng. 有些人開始想起颱風，「是真的要來了！」有些人說。

有的人看呀看，唉呀 misasaway to riyar！有人說她要清洗我們的海洋了，因為所有的礁岩，太多太多不乾淨的東西。

alomaan to minengneng to tilifi hanaw matalaw to cangra. 看了電視的人，都說颱風要來了……在我們的部落……Cepo' 秀姑巒溪，不斷地播放，不斷地報導。只有那個老人，聽不懂看不懂，一樣做他的事情。部落的孩子開始緊張起來了，「有颱風了喔！有颱風了！」台北的孩子也打電話來。

「Soelin ira ko faliyos hakiya matoasay caay haenen nira a minengneng masolimet namo patireng toloma o salawacan omaomah masolimet ko cici aka ka talaw to faliyos.」部落的老人說，「只要把你周邊的小水溝清理乾淨，就不會有事。如果怕梯田的田埂崩落，你要弄好引水和排水的地方。只要不傷害我們山裡的樹木，我們的部落不會有事。只要我們把所有的窗戶顧好，就好了！」每次老人都是用這樣的方式看待颱風，每年都是這樣。

豬的礁岩　部落下方沿岸略往南邊一處海中珊瑚礁岩，因其形狀似海中拱起之大鯨背脊，又因族人稱鯨豚為海中山豬（fafoy no riyar），故取名「豬的礁岩」。

Pakeridan　石梯坪附近海中珊瑚礁島名。

Tafowas　石梯坪北邊海中珊瑚礁島名。傳說中古時老人曾在此珊瑚礁島上養山豬。

記得在過去，部落的人都不會因為報導而對颱風有任何恐懼，而現在，每半個小時播放一次，讓部落的人覺得，「颱風真的非常大耶！」

過去颱風所發生過的嚴重災害，像北部啦，或是南部或是西部，這是在部落從來沒有發生過的，我想老人會說，「你看你們的環境，有些不該種的真的不要種，nawhani amahiya ko lotok maperar.」老人說，「如果你亂種、亂蓋、亂砍，山會崩下來。真的！」他說，「我們部落從來沒有這樣過！」

kako aniniay tamdaw kalatalaw to mafaliyos to ko harateng matalaw to fali patireng to lomaloma to. 因為怕颱風，怕每次颱風來的時候房子會被吹走，於是用不同的建材，不同的方式來蓋房子，這個房子蓋得更四不像。老人不願意住在現代的房子裡，尤其是在冬天的時候，更不願意，因為那種四四方方的建築物真的沒有辦法烤火，但是，實在是沒辦法。

每年的颱風對部落來講都是一次新的開始。黑夜裡的恐懼，會讓很多人想起，曾經，這個部落是怎麼留下來的，怎麼跟大自然搏鬥的。黑夜裡，風的聲音，海浪的聲音，巨大的雨，全家的人聚在一起，擠在一起，從火堆裡可以感覺到一個家的和諧和團結。第二天早上，颱風過去，大家一起把家園重新整理起來，紛紛到海邊撿拾漂流木，開始重建自己的家。每年都是如此，讓這個部落更團結，互相協助，重新把家園建立起來。

不知道為什麼，也不知道從什麼時候開始，颱風變得那

麼恐懼、巨大。傳說裡，甚至老一輩的人都會這麼說，「mafaliyos anomafaliy？爲什麼叫颱風？就是要沖刷不乾淨的，將河床沖刷乾淨，她會誕生新的生命，新的開始，也是我們人，新的開始。年年如此。」

颱風年年到秀姑巒溪，部落的人也從來沒有離開過。颱風或許真的很恐怖，但是她所孕育的一切，足夠讓這個部落維持生命。

十月、十一月，**ira to ko faliyos**，所有的報導說又開始起風了。部落的老人會選擇站在最明顯的位置，看著那個pakeridan。

「這一次起浪了，又要開始沖刷所有的礁岩，讓他們開始長青苔，我們又要開始吃別的不一樣的食物了，我們要開始吃青苔了。」老人會這麼說。但是媒體報導的方式，往往只是讓部落新一代的孩子對傳統思維的想法無法體會，也改變了他們對大環境的認知。

sowalsan ko matoasay. 老人說，「只有那個颱風讓我成長，只有颱風讓我有新的生命，只有颱風讓我在這裡永遠站穩，只有颱風讓我看得到過去的祖先！」這樣的一段話，一直流傳下來。但是不知道是從什麼時候開始，部落的人對颱風卻是那樣的懼怕？

「o faliyos misasaway to tireng misasaway to tatiihay. 」老人說，「颱風是沖刷人的身體，沖刷不乾淨的環境，這是颱風的意涵。沖刷後創造新的生命。」

「sowa san o faliyos hananay mato o faloco no tamdaw.」老人說，「颱風就像人的心一樣，高低起伏。就像平常的海浪一般，有時候風平浪靜，有時候蠢蠢欲動，madowo……tamdaw那

ira to ko faliyos 指東北季風。東北季風的來臨，會為部落的沿岸帶來許多冬季特有的海菜，所以老人會說，「我們又要開始吃別的不一樣的食物了」

是我們所要學習的地方，也是我們所要敬畏的地方。只有這樣，人才能跟大自然融合為一體，人在這樣的環境裡面，也就不會突兀了。」

hanaw 'aloman ko matoasay ira to ko faliyos nimaan to kita. 每當颱風來襲，部落的人會說，「嘿！明天會是什麼樣呢？」等待颱風過後的明天，所有的人集結在海邊，有的人會去找流失的動物，牛啊豬啊，當然還有魚。老人家會替自己尋找準備作棺木的材料，有的是為了準備各種建材，年輕人、中年人，所有的人，都開始撿木頭。部落的婦女們也紛紛到溪邊、到海邊去撿野菜，或是撿一些野生食物。孩子們跟著大人，不知不覺也已經在海裡面、溪裡面玩水或是撿拾漂流木，準備用來生火。

過往，年年如此。但不知從什麼時候開始，部落已經完全改變了。部落之所以選擇留在這裡，是要不斷地學習、反省、關心，只有這樣，才不會忘記大自然吧！

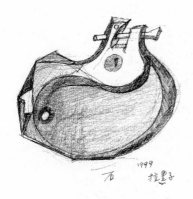

1999
石　拉里子

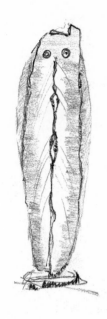

我站立的位置

台灣的正東邊有個非常不起眼的地方，那裡一直是很遠的，人也非常少，讓人感覺非常不方便，正因為這樣，這裡的人單純而樸實。

這裡的人早晨第一眼是面向海洋，是為了今天行程的安排。因為是海洋給了我們第二個生命，讓這裡的孩子成為部落的勇士，孕育這裡的人能歌善舞。

海洋是我們的生命是文化的源頭。

這裡有條秀姑巒溪，是部落文化的泉源。

我站立的位置是我取水的地方。我家有大海，廚房有清澈的水。我家後面有母親的菜園。我家有大海的孩子。

生命·漂流

一場生命漂流的起源，一條從高山流下來的大水，
終究回到母體。
她將一年所孕育的生命，用最大的力量再造，
創造旭日的東海岸。
台灣的一半在秀姑巒溪，從北到南想看無人島兩側的出海口，
從南到北想看清澈的**秀姑巒溪**。
長虹橋生命的一瞬間，絕對在秀姑巒溪，那是颱風的第一站，
是漂流木集結的所在，也是生命漂流的盡頭。

秀姑巒溪 秀姑巒溪下游兩岸的景致受地形影響，由北往南看，最完整最美的就是出海口中間的無人島與南北兩側自行選擇開口的出海口；由南往北看，則是秀姑巒溪下游清澈的溪水，一覽無遺。

傳說番 鍾喬
2003

羽毛的正中央

我站在羽毛的正中央，

所有的眼睛都在看我站立的聲音，

當所飛揚的羽毛停止了，

很想聽到從來沒有停止飛揚的聲音。

羽毛的正中央 當上青年之父的領導者，站在部落的正中央，猶如站在羽毛的正中央，發號司令，是所有舞者停止跳躍時注視的對象。

所有的眼睛都在看我站立的聲音 動物的感覺是全身的，眼睛可以聽到聲音，耳朵可以看到形體。拉黑子解釋說，「眼睛可以看得很遠、很深，雖然耳朵無法聽到如此遙遠的聲音，但是經由看得很深很遠的同時，眼睛卻看到聲音了。」

沒有停止飛揚的聲音 拉黑子畫了一幅插圖，漩渦的四周是整齊分散出去的羽毛，也很像是從高處往下看老頭目的禮冠帽。拉黑子解釋這幅畫說，「從來沒有停止飛揚的羽毛，這就是頭目的帽子，由上往下看的帽子，圓心就是頭目，圓是kapah在ilisin舞蹈時圍成的圓，而老頭目會說，你們真的可以像漩渦一般，把我吸進去嗎？」

樂舞

動的來源因歌聲的傳遠

酒因歌聲讓你的身體像海浪

領唱者站立在飛揚的正中央

讓聲音穿入每個人的聲底

清唱讓每個高亢的歌從山谷到大海

合的聲音是背著祖先的雲

時間決定舞的精神

看著海說是海

站立面向海洋

海　你負責我們的生命

是你們讓孩子安全回航

一次又一次的接近

孩子的氣魄

是大浪一次又一次拍打身軀

孩子的童話世界因為你們的深底世界

孩子的榮耀你們給的

從這裡學會一次又一次的開始

每天說著海　說不完

每次都很精采

多天的大浪　與海浪賽跑　拿海菜跌倒

夏天　海底中了跑掉　找到他在海邊

孩子說不完的笑話　都是你們教的

所以常常去打擾你們

讓孩子聽到魚的聲音

從魚的顏色辨識魚的名字

是浪教會孩子如何計算lima浪的大小

單腳站立因為海浪

與海浪跳躍　是舞的開始

不停的聲音　孩子學會合唱

小浪大浪是孩子的高與低

海浪不停　學會手接著手傳唱與你

海　只有你們知道部落的一切

第二個生命是你們給的

因為你們讓部落有危險

今天孩子所拿到的　獻給你們

lima　阿拉伯數字5的意思。
cecay.tosa. tolo. sepat.
lima分別是阿拉伯數字從1到5。

等待聲音的源頭

記憶站立者

只有靜靜無形

等待一年

從家門前望Kakacawaan

看下　頭低著走下去

部落人靜靜地看

廣場的聲音迴盪整個部落

孩子們都在等待他的出現

孩子的記憶裡

站立者是回家的第二個理由

每年ilisin

孩子們回來

從站立者身上看到過去

從他的身上看到精神

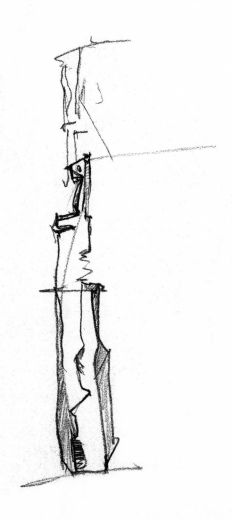

painiay to fana ko tireng
詮釋　　　知道　身體

madodo no tangal notoas
跟隨　　　智慧　長者

palawinaan no finaolan ko ngodo
依靠　　　　族人　　謙虛

orip mato tapelik caay katomarek
生命　像　海浪　　不會　停止

mato alolongay no alo'kofaloco'
像　深谷　　　溪　思維

naitira i daoc ko rakat
直到　永遠　　走

palawinaan no daoc o citodongay
依靠　　　　永遠　儀式

orip no dayday dayday arariw
生命　一直持續　　　歌聲

faloco no niyaro ko tireng
心靈　部落　　身體

marariw no niyaro ko tiring
傳唱　　部落　　身體

Lekal Makor
老頭目

身體詮釋了明白

智慧跟隨長老

族人的依靠是謙虛

生命像海浪不會停止

思維像深谷

走的直到永遠

儀式是永遠的依靠

歌聲一直給了生命

身體在部落的心靈

身體讓部落再傳唱

注視對方的碰面

有時會見到，但是低頭不說話。

有時見到**他**注視著一些事物或在思索。

有時看到他站在人群的正前方，所有的人都聽他說話，我靜靜地看著他，靜靜地思考著。我們都沒有對話，只有注視著對方，這樣的碰面就結束了。

是不是因為我看到他時，我都是靜靜地看著他，所以常常會在自己的腦海裡出現他的畫面，尤其是他的眼神，他的手勢，以及他低頭時的動作。

他低頭不說話。他注視著一切。聽到他說話。這些都是我平常會出現的動作。時間久了，我發現自己有很多的想法會改變。

也許我也學會了思索、注視、低頭、說母語吧！

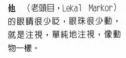

他 （老頭目，Lekal Markor）的眼睛很少眨，眼珠很少動，就是注視，單純地注視，像動物一樣。

1994

從傳說裡發現自己

ma to kongko ko sakafan'a no wawa no finawlan.

是從傳說裡

部落的孩子發現自己

wata ko pisafaloco iso to ikor no miso.

你那樣的在意

部落的人始終沒有忘記

多少次環境的惡劣

你始終如一

活了這麼久

從來沒有忘記

曾經所體會　所看到的

wata kofaloco iso.

你活在這樣的時間點

在這樣的時間點裡面

你看到的　感受到的

都會在你心中

傳承

　　你不斷地說著……說著，所有的故事裡，你都在。也許你
一直是活在傳說裡的人。時代讓你來不及扮演該扮演的角色，
也因為這樣，從過去到現在，所有你曾經聽到的，都已經成為
這個部落的傳說。

　　多少次，因為你的傳說，因為你的眼神，因為你的身體，
讓部落的孩子發現自己。你知道這個部落為何存在。

　　常常，你的身體穿梭在這個部落裡，孩子的目光看著你，
但是，那樣微弱的眼神，始終不敢正視看你駝背的身影。

　　部落的驕傲也許是歷史，也許是我們的環境，也許是每次
太陽升起的時候，可以讓部落的每一個人注視著精神山。

　　你一次又一次的傳達這個部落，多少人，多少個孩子一直
對這件事情非常在意。但是這個時代是那樣的快速，讓你所有
的一切都被淹沒掉。

　　你曾經說過，當你站立在部落的最高點，你是多麼地希望
將你所看到的一切，讓這個部落也看到。當你走進深山裡，你
是多麼的希望你的孩子也能夠像你那樣，發現你所發現的一切，
體會你所體會的一切。但是部落吵雜的聲音始終掩蓋了你的心
靈，以及你所要傳達的一切。

　　部落的孩子試著學習你的能力，但是他們始終沒有辦法呈
現到最好。他們說這都已經是傳統，但是外來的，又沒辦法讓
他們很有尊嚴地站立起來。mararom kiso miharateng. 看到這所
有的一切，你非常的難過。sa maen sakoharateng iso. 有時候你
會想，我該用什麼樣的方式來告訴我的族人呢？nengneng ita
sakiso koharateng. 我們看著soelin to ko notamdaw. 你又說我們應

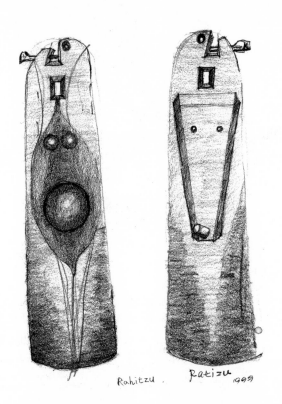

Rahitzu.

Ratizu
1999

該要扮演好人類的角色 o wawa no miso awa to matama ningra ko kinaripaan no matoasay. 但是你的孩子真的已經找不到祖先曾經留下來的腳印了。

　　kinaripaan nira ini to niyaro. 他所踩的土地是我們的部落，o maaraway nira to matengilay nira. 但是他所看到的跟他所聽到的，是完全複雜且陌生的。amanen hakiya a kong to na aniniay nihecaan. 你知道嗎？孩子們在這樣的一個時代裡面，沒有辦法掌握自己。

不要放棄

nengneng haan kora wawa kasidaitan. 你是那麼的擔心這個孩子，ngetec haniso ko mata iso amiparo ifaloco iso. 閉著眼睛不看這個孩子，將你的感受放在心裡。samanen ito sakiso mamanen sao ko alomanay. 當你在想的時候，其實部落所有的人也都無奈，caay katanektek ko wawa atomireng ikaayaw no finawlan. 孩子們在部落的正中央，真的是站不穩，awaay ko mamirikec. 真的，沒有辦法讓他們凝聚起來。

mato orad ko faloco no kapah. 我的孩子們，他們的方式就像下雨天一樣，siya saho ko arar halacomodcomd i loma. 雨下來的時候，他們就會跑到屋子裡面，ano tataak kocidal faedet tayra iriyar midangoy. 太陽很大的時候他們又跑到海邊去游泳。samatini sato kiso kiya. 「為什麼是這樣呢？」你想都想不通。

nawhani ko polong nokanatal. 這個時代已經不是以前那樣了。你曾經說過不要放棄自己，不要因為這個時代的改變就忘記了自己的身體。你的身體是祖先賦予的，是自然給的，要懂得謙卑、不好意思。你的生命在這裡誕生，就有義務去完成生命的責任。但是阿公，他們真的不明白你話裡的含意。nengneng ko kaemangay. 看看部落這些孩子，雖然天真活潑，但是沒有一個人清楚該以何種方式來面對這個時代。o tireng iso nai saorong tayra isawalian. 你的身體從部落的上面走到部落的下面，那麼多吵雜的聲音讓你疑惑，「為什麼會是這樣呢？」 ira ko patawsiay. ira ko macacoliay. 有人在喝酒，有人在爭吵， ira ko tomangicay a wawa. ira ko tanongidet sanay. 有的孩子在那邊吵架哭泣、流鼻涕， nengneng han iso atalacowa to ko ina ningra paselak han ko wawa. 一直想他的媽媽到哪裡去了？為什麼讓孩子像野狗一樣在部落的角落裡， mararom kiso miharateng to nengneng iso to niyaro. 你非常難過，這個部落為什麼會是這樣子呢？awa to koya tarihtihay. 你看不到健康、完整、成熟的心靈。simsim han. 阿公 harateng hanako awa to ko epoc ako. 你說，真的完了嗎？

　　pasifanaeng iso ko finawlan maedek misasaw to faloco. 你常常告訴族人該怎麼樣歸零自己，該怎麼樣提昇自己，caay pakahatira ko faloco no niyaro. 但是部落的人沒有辦法想到那麼遠，a maeneng hakiya. 怎麼辦？

不眞實的現在

na itireng iso maaraw no wawa ko niyaro.

從你的身體

孩子發現了這個部落

但這一切都來得太快

有多少個孩子

從部落到外面　從過去到現在

有多少次發現　在外面

你　自己　這一切

都不是眞實的

飛揚站立的勇士

每天清晨太陽光升起

從你開門　眼神注視著你的依靠

Kakacawan部落的精神山

自從你站在部落羽毛的正中央

再也沒有看到

飛揚站立的勇士　在Kakacawan

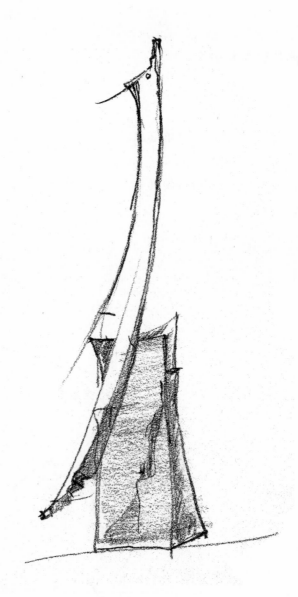

老大樹

知道他的時候已經是老樹了。

記得在1991年，部落舉行ilisin，我對這個大樹感覺到很有吸引的力量，但是我很怕靠近他，也不敢跟他說話……但是在我的腦海裡，一直有他的影子。有時很想找他，又沒有勇氣走到山頂，最後只好向後轉，面對我爬過的山頂，那也是老大樹每天看到的Kakacawan，精神山。

一直到1993年，我提起勇氣，到了那個大樹底下。我跟他說，我請大樹到都市叢林去說有關大樹的故事、大樹的動作、以及聲音。大樹沒有立刻回答。只是用他很深的眼睛盯看著我。心想，完了，請大樹到都市叢林去是沒希望了。他微微低頭，用很輕鬆的聲音說，「什麼時候去？」

ilisin 每年七、八月收獲之後，部落開會擇日舉行ilisin祭典，共六天，是部落重要的文化傳承與生命祭儀。

承諾

　　你在部落不多言，清楚這一切人的行為與價值，都已經改變了。但是部落的這些知識分子，從來沒有注意過你，他們只會在眾人面前說文化該如何保存、如何發揚，但是他們從來沒有力行過。

站立者　tireng站立者是站立與身體的意思。那能站立的形體必然是身體，當tireng由口中說出，聽者意會到的是一種能仰望而視、堂堂正正的站立姿態，與清明警醒的堅毅不惑身軀。站立者的出現是因為前一位站立者的存在，而前一位站立者之所以能在口傳中被代代相傳，正因為這位站立者的出現。一代一代踩在前面巨人肩膀上的站立者，有一天也會成為後一位站立者踩踏的肩膀。

　　我知道**站立者**的心情，因為他們都是你的族人，你知道他們為什麼會是這樣。古老的部落經過太多次衝擊、太多次同化，從清朝到日據到民國，部落一次又一次改變，這樣的改變在許多地方都曾發生，但是在這一個世紀裡的我們，我們的族人都沒有思考過嗎？還是已經沒有能力面對自己了？還是覺得這文化已經不重要了？為什麼從來沒有自己的主見、想法，完全順著同化……，還是有苦衷？

　　站立者，活了一個世紀，看著部落的改變。為了祖先、為了承諾、為了這個部落，你永遠站立在部落族人的心中。

夢裡發現自己

站立者一次又一次地說著

1877年的往事

從不說雙方的不是

在他的生命裡只有看到原諒

說著都是夢

記得

這麼多的孩子要拿第一

自己的孩子也在

最後一天說

他們都是我們的孩子

我們都愛

這一切讓夢來做決定吧

你說你夢了

又說有個孩子抱住一位美麗的小姐

知道是哪個孩子嗎

不能告訴你

因為是夢

還有金黃色的大便

是太陽的光

好美的夢

天明之歌

你說沒有走不完的路
像你的生命一樣　從不停止思考
你卻靜靜地走

在羽毛的正中央
眼睛注視每個孩子的眼睛
孩子學會如何用眼睛看自己

用最後生命的聲音
讓孩子聽到部落的聲音
聲音是孩子體內的聲音

你說很想看到海浪　不想看舞
只有海浪百看不厭　舞會停止
只有海浪　從黑夜到天明

你的最後是部落的開始
用天明之歌叫醒部落的孩子
相信白天的階級學會如何學白天
讓部落看到自己很清楚

寧靜的身體

你的身體在寧靜之中

一直可以

讓人發現

微弱　卻又

明確　而且

堅定

Lekal Makor

一切平常
身體充滿了能力
行動輕鬆
卻有力

Lekal Makor 港口部落前任頭目。1908年9月15日生於大港口，為Cilangasan氏族。出生時命名為Lekal，其父名為Makor，因此全名為Lekal Makor。年幼時因家人發現其身形如南瓜般結實，又取名Tamorak（南瓜）。日治時期更名竹山，國民政府時代又更名為許金木。16歲入年齡組織，因學習能力強，表現優異，深受長輩器重，又因各方面表現突出，成為部落年齡組織之重要意見領袖及部落公共事務之靈魂人物。74歲由前任頭目與部落推舉為頭目，任期至去世為止共22年。老頭目不論是在山林海洋的傳統領域裡，或是在口傳歌謠的傳唱與講述，一直致力於族群文化之承傳。2003年6月18日，享年96歲，於家中逝世。

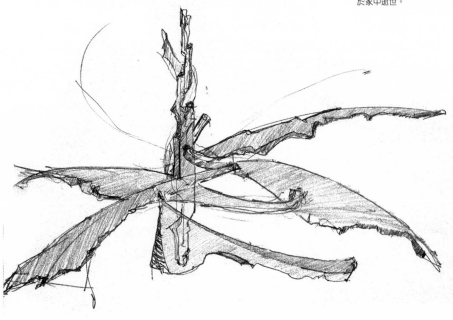

這一站到下一站之間

有一年的ilisin，老人邀請前來攝影的年輕人坐下用餐。

老人輕描淡寫的問，「你的下一站是哪裡？」

不待年輕人回答，老人又繼續說，「不管你的下一站是哪裡，先吃飽了，雖然都是野草，但是吃飽了，在這一站到下一站之間，你才不會疲憊。到了下一站，你也更有精神。」

老人說的話簡單又深刻，不知年輕人聽懂了沒有？

這一站到下一站之間，你選擇在我們這兒停留，我們這兒如此不起眼，能吃飽的就只是野草。

如果你選擇留下吃飽再走，希望這兒給你的能讓你的下一站走得更平順安全。

一生

　　站立者走了，最近常常在想關於他生前的事。有一些是他在部落如何mitekato部落，也些是他的一生。

　　他的一生有太多的事情讓他思考，清代與傳統、日本與部落、民國與社區，一路走來他又如何調整自己的心情呢？這一切在原本只是單純的部落，對他來說是很平常的。

　　他說著有關1877年的故事，不時會感覺到一種力量，為了讓故事說得精采，他的笑聲非常特別，他的眼神和身體的動作非常有力。這故事的背後一定承受很多的痛苦。

　　這些故事都是在他還沒出生時發生的事情。他出生沒多久，日本人來了，好不容易可以調整了，民國又來了，對他來說是更加的痛苦，加上政治與傳統，這樣快速變化的現實環境，該如何發展部落的命脈呢？重要的是他從沒有放棄。讓他最痛苦的應該是教會吧！因為這會影響心靈。我想，當他在深山打獵時，會將這所有的一切都放掉，好好過個原始生活，保持傳統的信仰。

　　這樣的一生，沒有一個族人能像他活得那麼精采。尤其是在misa cepo'時，看他對海祭儀式的投入與專注，我看了九年的時間。做儀式時，他一定先用教會的儀式，之後再用傳統的儀式，我心裡想，這一切的由來都是傳統的，當然是應該要用傳統的儀式才對呀，為什麼還有外來的儀式？我不懂，我想站立者知道，因為他的族人有一半說要這樣，有一半是看著站立者的決定。我相信站立者的內心終究是只有祖先的，但是因為這一切來得太快了，所有部落的人來不及思考，就變了，站立者的心情又如何調整呢？

misa cepo'　海祭。每年五月間稻出穗時，由頭目率領各年齡階級的男性族人舉行。前一日夜間到海裡捉魚，當天大家一起面向海洋，為族人祈求海上工作平安且魚獲豐盛，午餐要把捉來的魚通通吃掉，以求下次獲得更多的魚。

這九年來每一次儀式的祭台都是由我負責的，所有祭拜的東西、倒酒，以及人數的多少，都是由我負責。有一次我幫他倒酒，他開始作傳統的儀式。

　　他第一個動作手指點酒往後說，「**Malataw**是我們的神！」

　　第二個動作手指點酒往前，一面動作一面說，「最先往太陽的老者，最先組織部落的人milekalay no niyaro。」從以前到現在，他知道頭目的名字，六個人，將這所有的說完，開始說有關這一年的事情。

　　「⋯⋯尤其是漁船、出海口、漁港都豐收，這一切都是你們給的。而我在這裡跟著你們的腳走路，用原來的方式進行這項儀式，如果有些麻煩你們的地方，或不對的地方，由你們決定。」說完，開始說著年輕人的事。

　　「⋯⋯老者，我們所有的年輕人這一年在海洋捕魚，希望一切平安，而且豐收，這些都是你們安排的，我在這裡非常感謝你們。在我的面前，年輕人準備了非常豐富的東西，是要給你們老人家的，另外部落年輕人的行為、言語有時候有不對的地方，這一切都由你們來做決定，但是我有個請求，希望他們工作安全，身體若有什麼意外，也請你們幫助他們。」說完，又接著說。

　　「現在我有兩地方，一個在出海口另一個地方是漁港。是的老人們，出海口是部落mi　podaw的地方，希望，部落去mi podaw時，非常安全，podaw也非常多。」他的頭慢慢地低下來，說話停下，他用心靈跟祖先說話，因為我們原來的部落Cepo'，西元1877年，在那裡發生過戰爭，死了很多人。

Malataw 神之總稱，族人稱神住之天界亦以Malataw稱之。所有的祭祀都要提到Malataw，是宇宙的主宰，男性，可賜人幸福，統御人間。

mi podaw 捕捉podaw魚苗。秀姑巒溪出海口，淡水與海水會合處，族人知悉於何時何地適合進行捕撈魚苗，形成特有的食物採集文化之一。

他用很低的聲音說，「一位年輕人會帶東西給你們，這些都是部落孩子拿的，也許沒有多少，但都是我們的心意。」說完，臉上表情非常沉重，不說話。停了一下又說，「是的，老人家，有一位年輕人會從漁港帶著他拿的東西去看你們，希望往後他們出海，不再只有帶酒而已……，這一切都是你們祖先給的，以後他們在海洋，有任何事情發生，別忘，幫助他們。」他低頭不說話。

之後，他用手指點一次杯裡的酒，自己留一點，說，「祖先這是你們的酒！」將所有的往前灑，然後低頭離開。

從海祭的儀式中不難發現站立者對自己的信仰非常重視，他常將內心的痛苦，透過儀式讓自己好過一點。他的一生發生那麼多的事情，他是如何過來的？

有時，儀式結束時，站立者在人群中獨自一人不說話，看著所有族人，他一定有好多話想要向祖先說，但是說不完。再看看部落年輕人，他一定也有很多的事情要交代。

我不常去站立者的家，因為做不好部落與自己的工作，很怕見到他，不知道要跟他說什麼。如果去找他，都是因為我要請教，或是帶人去拜訪……，我不敢再找他。

有一次我去看他，他正在編織，他說，「以後你不要再來找我了，因為你已經成為部落的三大階級了！」

三大階級　部落的年齡組織分青年與老人兩階段，青年階段的第六到第八級分別是malakacaway, cifiracay與mama no kapah，這三個階級的年齡屬青壯期，是青年階段的八大年齡階級中最成熟與最重要的三個階級，負責統籌分配與支撐管理所有組織內與部落內事務。

最後的三件事

你以後不要再來找我。我有三件事要告訴你，這是最後的話。

第一件，現在有美國人、大陸人還有其他的人。這世界很大，阿美族的想法要改變，因為這個土地不只是阿美族的了。

第二件，我最難過的事情，我們非常重視女性。為什麼我們的女兒嫁給漢人，名字會冠夫姓？我們的女兒嫁出去以後，阿美族的人就好像少了一半。

第三件，我最擔心的，我們的孩子為什麼都不會說母語？如果我們的母語沒有了，我們就消失了。

這是最後的三件事，你自己去想。

最後的三件事 老頭目Lekal Makor，2003年6月18日逝世於家中，這是他最後叮嚀拉黑子.達立夫的話語。

最後的開始

這是最後的開始

我的離開不會帶走所有的一切

這一切都是部落的資產

是永遠部落孩子的

我以前說得那麼多

我要走了已經

這樣會給部落思考

我這樣走是對的

最後的開始　老頭目Lekal
Makor，2003年6月18日逝世於
家中，這是他最後留給族人的
話語。

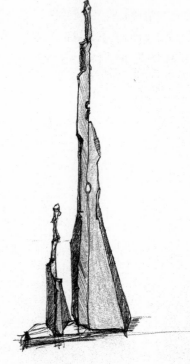

oya mikecaan matafesi ito awa

mahapinang malamelaw

cimarang papaw paniyaroay lima lalomaan

citodongay cimarang to Cepo'

nai tireng iso ko misangaay to selal no niyaro

kiso komilingatoay to ilisin no niyaro

naira ko makotaay i Cepo' kolingato

misaCepo'a nini o ilsin no Cepo'

osakafana itiyaayho nai Cepo'

i tiiyaho
以前

不清楚已過的年代

五大氏族建構了部落是Marangpapaw

Cepo'是Marangpapaw的儀式

部落的年齡階級從你的身體

部落的祭　開始是你

開始從Cepo'　現在的港口部落

Cepo'的儀式　現在的海祭

從發現過去　以前

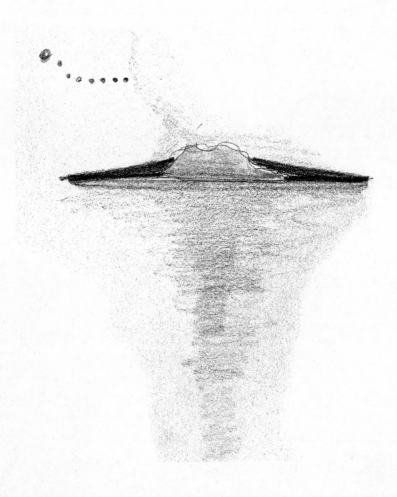

Cepo'
出海口

Cepo'

來自精神山的聲音

　　那嘹亮的聲音，是在夢中聽到的吧！來自部落最高的精神山。

　　曾幾何時，這個聲音只會從現在的老者的口中流出，這麼熟悉。我聽到過去與現在擦身而過。彷彿在暗示什麼？（環境）只要再動一下，這個嘹亮的聲音將會瘖啞。

　　我好像是又少了麼似的。

　　是夢吧！一切都是夢。醒來時，才知道這真的是一個夢。那位堅持的人，也已脆弱。當老鷹銳利的眼睛在再看不到陽光，夢也醒了，一切都變了！

祖靈與大自然對話的所在

　　Arawnag，曾經是部落與大自然對話的所在，如今，被遺忘了。遺忘得太深，以致於我的族人也慢慢地尋不到祖先們模糊的腳印。我走在重新開闢的黑色、平坦的路上，不管我怎麼踩，卻留不下腳印。

　　原本模糊的腳印，愈來愈模糊，最後，再也看不到了。

　　我的孩子呀！你可找得到回家的路嗎？

祖先的誡語

　　祖先的誡語，「不！你不可以！就讓它發生吧！曾經，我們為這塊不起眼的土地，喪失多少孩子的性命。如果，再發生不祥的事，我們的族人是無法再次承擔的。一切都讓他發生吧！」

Cepo' 部落古名，出海口的意思。參閱 p.250 之注釋。

Arawang 地名，古老部落所在地，現今位於港口部落南邊靠海邊農田。

然而，現在的我，也要爲我的孩子想想呀！我還能做什麼呢？我該如何做才是正確的選擇？

啊！從祖先到現在，我們到底犯了什麼錯？

雙手建造的家園

這裡的美正因爲百年下來，我們的祖先與大自然和平共處。

我什麼都沒有，海洋讓我塡飽肚子。我感覺到悲傷，海洋讓我歡樂到天明。

這裡的山很難親近，走起來很困難。卻讓我在接近的過程，學習到山的深奧，學習到如何與山相處。

這裡的溪是那麼的清澈，這裡的谷是那麼的深不可測。卻讓我學習到溯源，往內進入到生命的源頭。

這裡的颱風令人如此懼怕。這裡的腹地一不小心就掉下懸崖，跌進海裡。

我感激大自然所賜的好山好水，雖然不起眼，雖然容易被遺忘。

祖先告訴孩子，「這是父母雙手建造的家園！也許你一無所有，但是，若懂得尊敬土地與海洋，你自然就能在此生存下來。」

改變中的歌與舞

這裡孕育了許多動聽的歌曲，歌聲好比是風的聲音、溪水的聲音、海浪的聲音。

那可以跳上三天三夜的舞，不覺得累也不覺得厭，因爲每一天開始的第一件事，就是瞭望海洋。

你可知道我們的舞步來自海浪。你可曾見過,海浪停止拍打。

歌聲與舞蹈讓你的生活更踏實。你已經擁有一切,為什麼還要更多?

不反對,都贊成,因為全在改變中!我的族人是否能承受這一切的改變?我們真的就讓後代子孫再也看不到我們眼睛裡的好山好水嗎?

族人說,「這裡有好聽的聲音,繽紛的色彩,清澈的溪水,豐富的海洋。為了下一代吧!」

我們能說什麼?我們又能怎麼樣?

無言以對!

用最裡面的聲音,撫慰心靈

我只能用我最裡面的聲音,撫慰心靈。我不想看得很遠,因為我的視野被擋住。

然而,又能怎麼樣呢?最後不也是習慣了吧?我們不也一直是這樣過的嗎?

山稜線是我最後站立的位置。

海邊的礁岩,我再也站不穩。

山海中間的這一條海岸線,我看不到我的腳印,找不到回家的路。

再回到夢裡的聲音

山稜線來去自如,好比未被馴服的野生動物,用直覺穿梭,到處都是家園。

文明,學會了擁有一切。原始,原來是共同擁有。

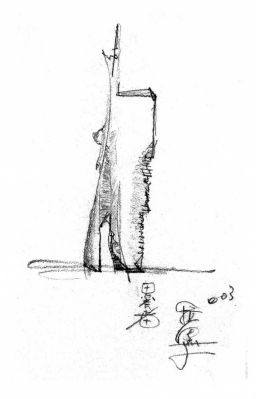

　　我站在山稜線上看翻來覆去的海浪，渴望要接近山海中間的那一條海岸線，卻是如此的難以跨越。

　　算了，還是別去吧！動物不也都是這樣了嗎？我想聽聽動物的心聲，卻聽不到鳥的聲音，也看不到空中飛翔的老鷹。

　　孩子！不要太自私，往深處走吧！去聽聽真正屬於大自然的動物的聲音。

　　不能跨，不要看，再往後退一點吧！用祖先的歌聲，填滿你心靈的無奈。聽到很遙遠的歌聲，心靈感到溫暖。

　　走在山稜線上，浮在海平線上，讓血液、肌肉更跳躍。

　　文明造成一切的改變，這是事實。大自然與原始在夾縫中掙扎。用部落唯一的吶喊，連貫起來，再回到夢還沒有醒來的聲音，那個嘹亮高亢會穿梭於古與今，來去自如。

Taladaw

部落的月曆

　　古老的時代裡，**podaw**很多，非常純白透明，好像是滋潤它的秀姑巒溪水那樣的清澈。老人的眼裡，podaw一直是部落的月曆。

　　不知道從何時開始，清澈的水再也看不到像往日般純白透明的podaw。就像我們現在的心情，完全變了。

　　但是，又能如何呢？

　　是環境的改變？是人的改變？

　　是在心靈無止境的慾望作祟下，廣大而清澈的溪水——那美麗的河口沙灘，是我的兒子等待我從海上歸來的沙灘——如今，全都改變了。

Taladaw　廣大清澈的溪水，指秀姑巒溪。

podaw　秀姑巒溪裡特有的洄游性生物，學名：大吻蝦虎魚苗，自古以來即為族人食源之一，也因此發展出部落特有的podaw採集文化。

遠眺無人島

我由上游眺望**無人島**，是如此的美呀！

停泊的小船不再是竹筏！

在溪水中央的人不再是我的族人！

停留下來的不再是白鷺鷥，而是巨大的、奔跑在文明平坦的黑色（大馬路）上的龐大車體。

我分不出哪一個是白色的石頭？哪一個是白色的車？

神話中的真實

只能用一段話，「孩子！用你的手摸著你的心，這一切都過去了！將你的心隨著白鷺鷥飛吧！你可以找到停泊的地方。因為我們有白色，曾經，我們有一座白色的無人島。切記！神話中的真實。把你的心放在白色的神祕湖裡吧！」

無人島　秀姑巒溪出海口中間的獨立小島，古稱Tsipolan，現今族人稱Lokot,也用國語稱之為「無人島」，因島上無人居住，但確有島主，島主名曰「美國人」，這可是真有其事其人。

Napololan

古老的故事

好溫暖，這堆火。

真的好溫暖，讓我回想起童年，蹲在火堆旁，聽老者說故事。

我的眼睛走進黑夜裡，什麼都看不到，只是覺得很冷。但是那小小的記憶，卻讓我現在想得更清楚，我的心感受到老者的啟示。我很難過。誰讓火堆裡的煙朝向我，閃也閃不開，我流淚了。老者說，我們的勇士在最惡劣的地方生活，來去自如，讓部落在這裡平安存在。

向部落的勇士致敬

好冷呀！這文明的二十一世紀，我覺得好冷！

古老的事件，已發生一百多年了。我向部落的勇士致敬！口耳相傳這麼多年，部落也因此活得更警惕。

過去，只有在接近死亡的時候，老人才會敘述這件事，平常不願意說，他們怕傷害了部落和現在的孩子。那就在接觸死亡的時候說吧！

「你的親人要走了，請不要難過，因為可難過的事要比這個死亡還要更深，你知道嗎？族人曾因為這塊土地犧牲了許多生命，孩子，你難過什麼？要勇敢的活過去！」

做部落的孩子

我坐在火堆邊，很久，火很燙。想到了部落的老頭目，他還能堅持多久。他說，「孩子，我眺望家門前的精神山，已經很久沒看到小孩爬上去了。小的時候，我曾經上去過，真的，

Napololan 地名，部落的傷心地，現今指靜浦國小後面田地。1877年Cepo'事件，清軍在此誘殺部落勇士千人以上。

眺望部落的每一個角落。」老頭目說，「要成為部落的孩子，你就必須爬上山頂，才能保護部落。」

曾幾何時，部落的勇士沉睡在草叢下，部落的不聞不問，是因為傷心，不願意回憶。

勇士的故事

老頭目常常用不同的故事，傳述死去勇士的故事。

他說，「**有一個勇士**，可以在秀姑巒溪的水面上，如蜻蜓點水般地涉水而過。在海邊的礁岩上，如海浪般地跳躍前進。……他的速度飛快，反應更快。…當老者發出訊息時，他已經到達目的地。」

也許是故事，或者是神話，這勇士已經成為部落孩子學習的對象。老頭目傳述中的勇士，如此神奇。應該就是這令我傷心的地方，造就了這位勇士吧！

傷心地

napololan帶著勇士們的悲憤埋藏在草叢深處。聽不到任何聲音，能不能不要再用黑色的文明（柏油大馬路）敲醒他們。火將熄滅，但是，我不得不回想起族人所說的故事。

我有一點冷……

部落與世無爭，用雙手建造的家園是用所有部落勇士的生命換取來的。我很冷……，我之所以還能夠坐在這裡，也是因為我們的勇士所賜。

部落沒有任何怨言，別無所求，只求尊重。

部落的母親，啊！我的孩子，你去哪兒？

有一個勇士 此段敘述乃口傳裡針對1877年Cepo'事件中，率領kapah與清軍作戰的英雄Kafoo'k的動人描述。

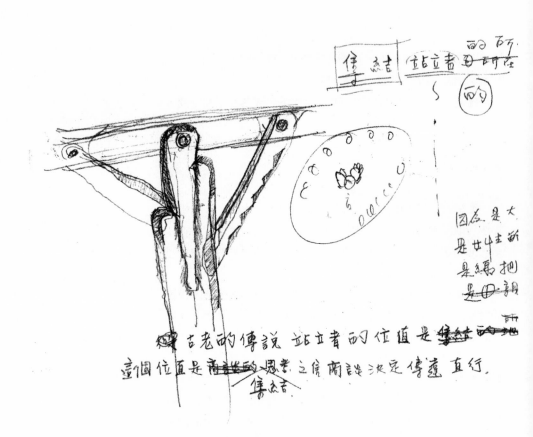

傳說　站立者的所在

因為是大
是女生的
是媽媽
是母親

古老的傳說 站立者的位置是
這個位置是 的思考 之後商該決定傳達直行.
隹志吉

貓公山上的話

部落分散了，走得好遠、好遠，最後，他們在貓公山上說了一句話，「我們一定要回到祖先用雙手建造的家園。」因為我們的孩子、父親全部都在那邊等待著我們所有的族人。……還是一樣，在山稜線上眺望中間的那一塊傷心地。

是什麼勇氣，讓他們又再回來。是因為秀姑巒溪清澈的水？還是因為海洋純白的浪花？讓他們有勇氣再回到傷心地！

繼續流傳

而今，我追憶起族人當時的心情，好比是冬天的火。火的外面雖然冰冷，依然觸動了我的心靈，想要說什麼？我要把它流傳下來。但是，文明的平坦的黑色，讓它再蓋一層，厚厚的一層，永遠無法呼吸的地方。

我說了這麼多，又算什麼呢？

向所有的勇士致敬！

讓它繼續流傳下來，因為這是唯一能讓部落延續下去的力量。

如此文明的社會，如此瞬息萬變的世界，我們的老人該如何將文化傳承下來？大自然的神祕、勇士的精神，可以從此事件當中了解。

而下一代，不知還能不能再聽到這裡的神祕故事？再看到這裡的美？再發現這裡的勇士精神？這裡的一切都在改變，只有在故事裡才能找到這裡真正的面貌。我們的環境已經無法吸引我們的小孩，因為這裡少了神祕的故事，少了本來的面貌。因為大自然離他愈來愈遠，只有神秘的故事，讓他開始了解這裡的一點一滴，因為這是他的起源。

1877紅色記憶

1877 1877年，Cepo'事件，參閱p.260之註釋。

記憶是紅色的 口傳敘述裡，Cepo'勇士因Cepo'事件死亡人數多達千人以上，族人與清軍做戰時，kapah（進入年齡階級組織的青年）受傷死亡的鮮血染紅了秀姑巒溪。

maharateng koya hangangaya a mihecaan-1877

記憶，永遠是記憶

不知有多少族人記得

這記憶是紅色的

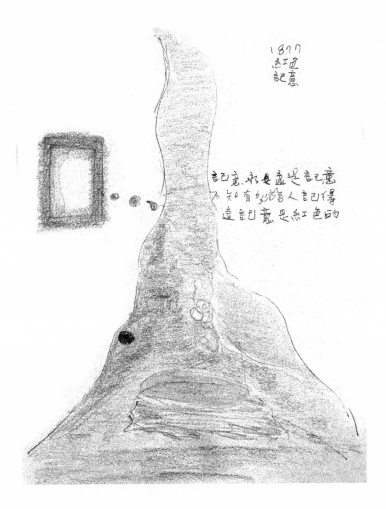

1877
紅色
記憶

記憶永是遠遠是記憶
不知有多少善人記得
遠記憶是紅色的

祖先的孩子

他們是祖先的孩子，

這一切的改變，

我都會在黑夜裡幫助他們找回自己。

他們決定這一切時，

我會讓他們知道，

這所有的一切，

因為太多次了。

順著吧！

因為我的祖先說過，

站立者會出現的。

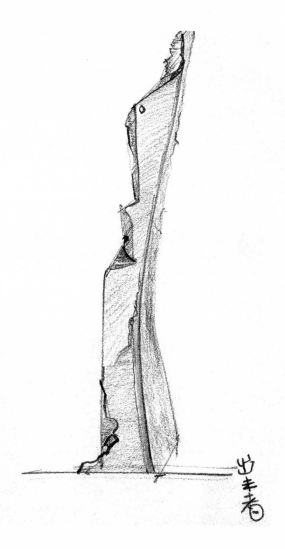

沒有人能證明我們在這裡有多久

只有太陽和卡卡造得知道

citodongay to lingato
負責　　　　　開始

tamala kongko
構成　　口傳

iniyaro tomirengay
部落　　站立

opainiay
傳達者

mafana tono tamdaw
明白　　　人

taciharateng
有了思維

okakawaw atofana
行爲　　　　能力

ko nengneng
看得見

tasoelinay a kongko
眞實的　　　　口傳

matoalolongay no riyar
像是很深的　　　　海

ko matengilay
聽到的

painiay tono toas
詮釋　　　　祖先

papeloay
演說者

kongko
口傳

開始是儀式

構成口傳

站立在部落

傳達者

讓人明白

有了思維

能力和行爲

看得見

眞實口傳

想像海的深度

聽到的

詮釋祖先

演說者

Cepo'的故事

harateng saci **Marangpapaw**. kita tamdaw codimok saan rengorengosan. itni talotalodan matosa owaco. mafana kita mangodo ano haeng sako tamdaw hakiya.

Marangpapaw心裡想：我們為什麼一直在草叢裡，我們為什麼像動物一樣穿梭在叢林裡，我們懂得羞恥。

mamaanay kita o tamdaw so^lileng ko kamaroan ita？nawhani tamdaw kita. caay kita ko waco, caay kita ko koyo.

Marangpapaw想著：我們是人，我們跟一般的動物不一樣，我們為什麼不建立自己的部落呢？

hirateng saci Marangpapaw. mamaanay patireng kita to finawlan. 我們要建構自己的部落。

cimarangpapaw saan ira to ko ya misafalocoan ningra .

Marangpapaw已經有了自己的想法。

有一天，他跑去**Cilangasan**，他跟Cilangasan的**faki**，也就是這個氏族的重要長老說，「有一天，會有一個聲音在你的氏族裡面出現，orasoni tonian 那個聲音是：milaoc saan tela──safinaolan，sakopiceli nira！他會用這樣的聲音呼叫你們的族人。希望你能來到一個地方，那個地方順著秀姑巒溪到出海口，會有人在那個地方等候著你。」

第二天，Marangpapaw 又跑到太陽氏族 Pacidal，他用同樣的方式說，「a matoasay faki nolalomaan. 老者，負責這個氏族的人，有一天會有一種聲音傳到你的氏族，當你聽到這個聲音的時候，請你到秀姑巒溪的出海口，有人在那個地方等候你。」太陽氏族的長老說，「好！」

第三天，Marangpapaw又跑到Monali'茅草氏族。「a faki citodongay toraloma'an.」他也跟茅草氏族的長老說，「有一天，會有一種聲音傳到你的氏族，希望你聽到這個聲音的時候，請你到秀姑巒溪的下游，出海口，有人會在那個地方等候著你。」

過了第四天，Marangpapaw又跑到Cikatopay豬槽氏族，他對Cikatopay氏族的長老說，「有一天，會有聲音傳到你的氏族，當你聽到這個聲音的時候，請你迅速到秀姑巒溪的下游，出海口。」

這個長老問他，「有什麼事嗎？」

「到了出海口，會有一個人在那個地方等候著你。」

「Ano matira asa tanamem ita palaheci saitini a malo' ano maan kora sapa ini nira.」豬槽氏族的長老說，「既然是這樣，我們這個氏族經常會跟其他的氏族發生一些衝突，也許到了那個地方可以藉這個機會解決吧！」

第五天，Marangpapaw 又跑到鳥巢氏族 Sadipongan。

「aya kamo Sadipongan tini sakamo a maro'.matodipong a nocila ira ko milicaay tamonan nano matengi namo kora soni katayrato itiraw sasera' nora taladaw.」 Marangpapaw說，「啊！你們這些茅草氏族的人，好比鳥窩一樣，躲在這個地方。有一天，會有一種聲音傳達到你們的部落，希望長老能到秀姑巒溪的出海口，有人在等你們。」

過了幾天，Marangpapaw想想，時間差不了吧！他到各個氏族呼叫，傳達訊息的聲音到每一個氏族裡面。

從深夜開始，Marangpapaw一個氏族一個氏族的傳達。他用這種聲音，「tda－－－－aw o！」傳達訊息。每一個氏族的

長老聽到這個聲音，紛紛地跑到秀姑巒溪的出海口。在大家到達之前，Marangpapaw已經先到那裡了。

最先到達的氏族長老是Cikatopay。

「ㄟ？你不是說有人會等我們嗎？」Cikatopay的長老對Marangpapaw說。

「對呀！你有沒有聽到聲音呢？」Marangpapaw說。

「有啊！」Cikatopay的長老回答。

「我也是啊！但是當我來到這個地方的時候，並沒有看到那個人了！」

Cikatopay的長老想一想，「也許他還沒到吧！我就在這裡等候他。」

過了一會兒，Cilangasan的長老也來了。Cilangasan的人說，「ㄟ？那個叫我們來的人，怎麼看不到他呢？」

「對呀！我來的時候他也沒來，我也沒有看見他，不然，我們就在這裡等候他吧！」Marangpapaw說

Pacidal也來了！ Pacidal說，「我剛剛聽到了一種聲音，你們有沒有聽到呀？」

Cilangasan 跟 Cikatopay的人說，「ㄟ！有呀！」

Marangpapaw立刻告訴Pacidal的人，「這樣好不好？我們再等一會兒，搞不好發出聲音的那個人，很快就會到了吧？」

過了一會兒，Sadipongan 跟 Monal'i的人同時到了出海口。這兩個氏族看見其他的三個氏族都已經在那兒了，不多說什麼，就只說，「人怎麼還沒有到呢？」

五大氏族一起在秀姑巒溪出海口的一個礁岩上等候著。除了Cilangasan氏族跟Marangpapaw對話之外，其他四個氏族都沒有發出任何的聲音。

「怎麼還沒到呀？我們是不是被騙了啊？怎麼一直沒有人來？」

Cilangasaan氏族在說這些話的同時，Cikatopay也站起來。

「pakomaan sakitanan to lalomaan no faki awa kora tamdaw o maan ko hahaenen.到底是怎麼回事？這個人既然叫我們來這裡，又不見人影，把我們當作是什麼呢？」

Marangpapaw 覺得應該是時機了吧！

「amatira asa awa sako lapainiay kitanan lingato saca kita. 既然那個人沒有來，我們就在這個地方談談我們自己的氏族吧！」

「kiso kora saayaway milicay ya talacowa sato kora tamdaw. cima koratamdaw. iso sacifaloco konademak.」Sadipongan茅草氏族的人說，「到各個氏族傳達訊息的人是你，你應該看過那個人，那個人到底是誰？這一切的事情由你負責。」

「a matira aca. ira ko faloco no mako ano masa maan kamoi paini hanho. 既然是這樣，你們一定要我說，……我們現在有五大氏族，能夠坐下來好好的談，我們是人，我們跟一般的動物不一樣，我們不能在草叢裡穿梭。」Marangpapaw說

「mamaanay safalocoen ita misa niyaro kita. nawhani kita naloma lomaan malaafas kita to pisahafayan pi'adopan paniyaroan. o romasatoi 'aloman ko'ada ita. aloman ko milifongohay to fongoh ita dadipotdipot sakita sakoni kofangcalay hakiya.我們是不是可以建構一個完整的部落呢？我們這五大氏族，為了我們的獵場爭奪，為了我們種小米的地方爭奪，為了我們的氏族而爭奪。但是我們的外圍還有很多的敵人，你看外面很多人想要獵取我們的人頭，如果我們能夠互相照顧，能一起建構我們的部落，那我們是不是更可以過安穩的生活呢？」Marangpapaw說。

「ano matira aca masamaan kiso？」於是，Cilangasan 的長老站起來說，「那你想要怎麼做呢？」

「Saselalsela haan tako mamidipot to finawlan saopoen ita ko kapah no niyaro. 我們要成立**selal**，我們要建構一個年齡階級組織，形成一個部落的年齡階級組織，我們要一個階級一個階級建構我們的部落。」

於是Marangpapaw開始敘述他的想法，以及如何建構一個部落。

「o sakcecay mi'afatay.」他說，「最小的這個階級mi'afatay是火，點火的意思，miafatay nawhani o aocoren no 'alomanay mamito tong tonamal midipot tonamal. 最小的階級年紀最輕，是負責點火的人，他們是負責顧火的人。」

Osakatosa 第二個階級Midatongay，是木頭。我們每天都要生火，部落不可以沒有火。有火，就要有木頭，所以這個階級是木頭。他們負責收集所有的木頭。

Sakatolo第三個階級是Palalanay，道路的階級。我們必須到山裡面種小米，所以我們要有一個專門開闢道路的階級。另外我們要建構部落，必須要有更多的材料，所以一定要有專門開闢與修築道路的階級。Palalanay 是第三個階級，年齡大概在24歲到26歲。

第四個階級Miawawwayciopihay，是成熟的年輕人，是體能狀態最佳的階級，大概在27歲到29歲。我們命名Mi'awawway，是狗 waco，狗的階級，也是戴著老鷹的羽毛，同時要扮演老鷹的階級。這個階級要負責保護部落，保護部落所有的農作物。這個階級Miawawway 為什麼叫狗？那是因為希望這個階級的速度、嗅覺跟叫聲可以像狗一樣傳達到最遠的地方。那爲什麼又

selal 港口阿美的年齡階級組織，將男人一生依其自然發展再加上人為要求，分成各級，並賦於級名與職責，是部落組織的基礎，部落一切公共事務皆通過年齡組織而完成。

是老鷹的階級？是因為希望也能像老鷹一樣在空中飛翔，可以看清楚所有的事情，眼睛非常的準確，讓部落的人知道他們是可以傳達的階級，也是保護的階級。

Sakalima a selal 第五個階級是Ciromi'aday。從第一個階級到第四個階級都是準備的階級，準備要進入最重要階段的階級。Ciromiaday，我們命名是白天的階級。白天的階級平時無事，就像白天一樣，專門在看，然後傳達，傳達給下面的階級，同時接受上面階級的指令。因為是白天，他們看得最清楚。這個階級專門是看的階級，發生任何事情，他們是第一個看到，第一個傳達訊息的人。這五個階級都是屬於年輕的階級，他們要完全學習如何處理部落一切的雜事。

進入到第六個階級是安靜的階級。要建立一個部落，要組織一個年齡階級，必須有一個階級是專門負責組織事務工作的，第六個階級Malakacaway mikacaw，負責所有部落物資的統籌，他們會去收集每一戶人家的糧食成為部落使用的食物。他們是負責收集的階級，Malakacaway的意思是懂得監督、懂得公平的階級，所以負責統籌部落所有的物資。

第七個階級Cifiracay，是分配的階級。他們不做任何動作，只負責分配收集回來的物資，好比說哪一個人家比較需要食物，比較需要什麼東西，都由他們來分配，所以Cifiracay扮演的角色非常重要。有時候某一戶人家的孩子屬於某一個階級，犯了錯事，詰問與賞罰的工作，由他們來負責與決定。

第八個階級 Mama no kapah 青年之父，負責管理以上這七個階級，所有部落發生的事情，都是由這個階級來決定。他們的這一個階級，非常非常的重要，可說是管理了部落所有的年輕人、勇士，管理部落一切事務。所以我們命名，青年之父Mama no kapah。

每一個階級都必須要有一個頭，一個發言人，也就是每一個階級的領袖。他是年紀最大的，是這個階級裡面最先看到太陽的，他就是頭，那個發言的人。因此他的演說能力，還有他的智慧，都必須比他的階級裡面其他的人還要敏銳，才能當上發言人。　Komong　是階級領袖的智囊團，是專門協助思考這個階級事務的人。

　　八個階級組織完成之後，我們每年要辦一個海祭，因為我們面向海洋，我們依靠秀姑巒溪而生，所以我們這五大氏族要集結在秀姑巒溪北邊的出海口，建構我們的部落。我們部落的名稱Cepo'，這個部落就叫Cepo'，也就是出海口 Cepo'的意思。

　　每年都要祭拜一個儀式，祭拜海洋。每年春天來臨時，準備收割小米之前，我們要辦一個祭海的儀式。因此，各個氏族都必須遷徙到這個地方，我們要一起居住在這裡。接著，每年小米收割完畢之後，我們也必須在這個地方舉行另外一個miilisin的儀式，是為了感謝我們的祖先，感謝我們的萬物之靈，感謝天跟地。另外，我們訓練部落的勇士們，也是利用這miilisin做一年一度的驗收；讓他們有機會求偶，讓他們的能力在這個時候展現，讓部落的人發現。

　　「如果你們贊同我說的這一些事情，我們就可以作masamaan kamo polong no finawlan. .所有的部落的人，所有的長老們，你們同意我的想法嗎？」Marangpapaw說

　　所有氏族的長老們說，「很好，a matira aca do^do hatoko faloco iso palicay sakita amalaklak. 我們認為這樣的想法非常好，因為我們到處在草叢裡過日子，已經過得非常不耐煩了！」

　　「Mipatireng kita to kakitaan. 既然是這樣，我們要成立一個部落的頭目 kakitaan，有能力的人。我們就從這裡選出一個領袖吧！」Marangpapaw說。

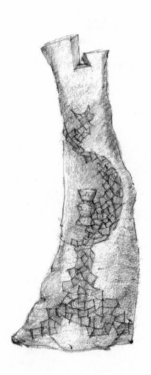
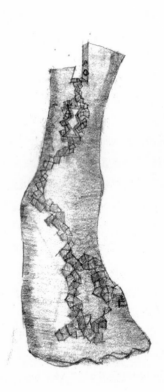

但是，五大氏族都沒有人站起來。突然，Cilangasan的長老站起來說，「a matira aca kiso ko palalanay tona demak kiso kopainiay kaminan kiso sato masakapo tspat a lalomaan. 這一切都是你在規劃，都是你的想法，應該是你。其他的四個氏族，你們覺得他適不適合當我們的kakitaan呢？適不適合當我們的領袖呢？」貓公山氏族的長老說。

　　「haito kiso sato.」其他四個氏族異口同聲說，「好吧！就是你了吧！」

　　於是 Marangpapaw站起來。

　　「ano so^lin patireng namo kako . Kako ko citodongay to kakitaan nara ano caaypidodo to demak caay kadocong . 如果你們真的要推派我當部落的kakitaan 領袖的話，那你們就要服從我的命令，如果有人不服從，那我是沒有辦法當這個部落的領袖。」

　　五大氏族聽到Marangpapaw說出口的話，一言不發。他們都認為這件事情是非常慎重的。

　　「我們一定要全力執行這個事情，如果有任何的錯，都必需變成是部落的公審，任何人都一樣。ano hai sakamo mihai kako.如果你們都接受的話，我就願意作。」Marangpapaw說，站在那個地方。

　　最後，所有氏族的長老一一站起來，表示同意。

　　「o ngangan no niyaro nomita ini Cepo'.」Marangpapaw說，「我們這個部落的名字叫Cepo'。」

Marangpapaw 和 Mayawaping

站立者說，孩子，我這一生的所有，我沒有帶走，是的，沒有帶走，都在。

因為在很久很久以前，你聽過一位Marangpapaw，這一位智者，是他將五大氏族組織起來構成部落，有了八大年齡階級，有了ilisin，才有Cepo'，才知道我們是人。他是站立者，因為他走了，卻留下了這個部落Cepo'。

站立者說，我們的想法必須改變，因為這個地方不是只有我們，還有其他的人來了。這是不是因為西元1877年的事情，讓站立者再次思考部落的未來。

西元**1877年**，用雙手建造的家園，因為不尊重人而讓部落留下永遠的傷痛。

Mayawapin頭目，站立者說，如果要結束這一場戰爭，我們必須犧牲所有部落勇士的生命，才能讓我們的母親、孩子與後代生存下來。

這一位智者Mayawapin站立者走了，卻留下Cepo'的精神，創造**Makotaay**部落，才發現他們的部落好大，我們才有世界的觀念。

1877年 Cepo'事件。1877年，Cepo'族人因不滿清軍將領吳光亮為取得秀姑巒溪河道的運輸機能，以替代由成廣澳（現今指成功）運糧至璞石閣（現今指玉里）的不方便性，派兵駐紮於族人活動領域內，且清軍大量徵役族中青壯年，藉故騷擾百姓、調戲婦女，引起族人強烈不滿，發生許多摩擦。最後終因為漢人通事林東涯被族中青年所殺而引發戰爭。關於Cepo'事件的研究，參閱莊雅仲的《原住民部落重大歷史事件－大港口事件》，財團法人台灣原住民文教基金會，2001年12月31日。

Mayaweping 1877年，Cepo'部落（現今指港口村）頭目，率領當時族人與八大年齡階級青年共同對抗清軍，是Cepo'事件。部落口傳敘述Mayawapin當時心裡的想法，「他們的人怎麼一直打不完呢！他們的部落好大呀！我們已經戰勝了三次，他們依然有辦法繼續派人來打，我們雖然勝利了，但是也死了很多人，我們還能繼續作戰下去嗎？」Mayawapin感覺到一陣涼風吹過，似乎預知了部落即將面臨的慘痛死亡與必須做出的選擇。

Makotaay 意思是「很濁的溪水」。1877年Cepo'事件戰爭之後，Cepo'居民四散奔逃，數年之後，有族人從貓公山上下來，選擇Makotaai溪邊居住，逃散至其他地區的族人亦相繼遷徙回此地，逐漸形成現今的港口部落，Makotaay。

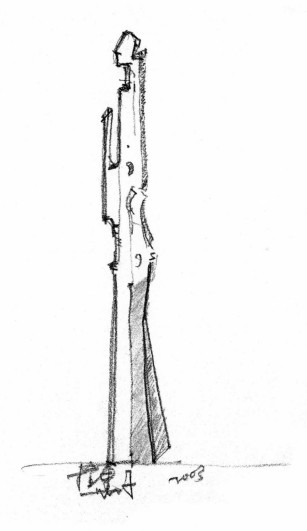

站立者，每天清晨太陽光升起，從你開門，眼神都會先看著你的依靠**Kakacawan**，部落的精神山，自從你站在部落羽毛的正中央，再也沒有看到站立在Kakacawan上飛揚的勇士。但是在你心中從沒有忘記成為部落孩子時的驕傲，更不會忘記你是

Miawawway第四個階層時，當你爬到Kakacawan站在那裡感受，可以看到自己的心靈，才能發現部落的每一個角落。你知道能戴著父親的羽毛和刀站立在Kakacawan，才是部落的勇士。

你是勇士，是保護部落，保護所有。你的階層的名字就像狗、老鷹。希望你是狗，能在山林自然穿梭，像狗的嗅覺那麼靈敏，也像狗的聲音，傳達很遠；也能像老鷹，天上飛揚，所以頭上的羽毛是為了讓你像老鷹一般，而眼睛要像老鷹的眼睛那樣銳利準確。

你不會放棄，你永遠不會忘記，「因為我是站立者！」想起你在Kakacawan時靜靜看到自己、看到部落，你會想起心中的勇士——**Kafoo'k**，因為他的影子一直在你心中。

Kakacawan 守望部落的精神山。傳統年齡階級的第四級Miawawway守望部落北端的位置。

Kafoo'k 1877年Cepo'勇士，據已過世老頭目Lekal Markor口述，Kafoo'k是Cepo'事件中最可歌可泣的英雄，當時屬Miawawway階級，級名Latafuk（殺閹之意），是一名平日厲害而戰時神勇的勇士，不僅力大無窮且速度驚人，過秀姑巒溪猶如蜻蜓點水一般輕鬆。因不願屈服清軍的強力鎮壓，與同伴一起殺死漢人通事林東涯而引發Cepo'事件。

部落之語

傳說中的話……

我站立的位置，是我可以取水的地方；我取水的地方，是我食物的來源。我看到的夜晚，是有白色的光。我站的位置，是Taladaw的出海口。

食物的來源，一年四季不同。

白色的光是黑夜在無人島上的白鷺鷥。

因為這兒的人，遵守大自然的倫理，Taladaw能保存至今。

整個社會的發展，如此快速，不知不覺，這裡的水不再那麼清澈。我們再也無法取水了。

因為這兒的發展，河裡再也看不到各式各樣的魚。因為這兒的發展，白鷺鷥再也不會停留。

我多麼希望人文與觀光的發展能同步進行。有誰能比這兒的居民更了解在地的生態環境呢？

如何發展觀光，不再是投資人單一的觀點，必須與當地人協調、溝通、配合。

我很想跟大家分享這兒百年的歷史傳說。Taladaw孕育這兒的人們，這兒的人們知道如何與大自然和平共處。颱風年年來此，Taladaw是颱風必經之路；然而這裡的人們從不曾離開。這兒的腹地如此狹小，不容易站立，這兒的人們從不曾放棄。因為這裡的山林與海洋給了我們全部的所有。

不知道何時，觀光會讓這兒繁榮，有嗎？

談到建設，西部的河川至今又如何呢？

taladaw　廣大清澈的溪水，指秀姑巒溪。

我們非常尊重Taladaw，非常感激她所給我們的一切。面對現在的發展，Taladaw離我們愈來愈遠。

　　所以，很想將Taladaw的關係與部落連接，繼續接近，因為只有這裡的人們知道Taladaw需要什麼；只有這裡的人們知道如何保護這裡的一切。

　　許多人想要利用秀姑巒溪致富，許多人說秀姑巒溪的發展會帶給地方繁榮，我認為這些都需要重新評估。

　　我們應該多想，如何才能真正的保護秀姑巒溪，因為這兒最美的也只有秀姑巒溪呀！而秀姑巒溪的美，將因為部落得到完善的建設與教育，而使族人有更大的能力與勇氣去保護Taladaw。因為Taladaw的存在，也將是部落的存在。

　　讓我們一起努力去保護秀姑巒溪！

　　我們也要讓下一代看到我們所看的Taladaw：清澈的水，多種的魚，在黑夜裡的白色的光。

後記　by Rahic Talif 拉黑子・達立夫

oya apa ako sata fesiw fesiw san i alomanay

mikilim to aalaen no sakafana

matekong no toas ko tangal ako

mato irihi ko rakat no mako

nairihi ako matama ko demak no tiyaho

mato palomaan no toas aanip

ini o nanom o cidal painiay to orip

mapatapielal noya fitelakay a arifowang

ofana ako mato minaopay tono toas

opaseneng palataang to tireng no tireng

konafana ako painian no niyaro

osapaseneng ako soelin pakangodo to finaolan

我那樣在人群穿梭不停，真的是很笨。

為了尋找自己的明白，

我的頭被祖先給撞到。

我的路是走在田埂上的，

我在田埂裡，發現了過去。

我就像是祖先播種的秧苗，

需要水、陽光……給我養分。

我被那綻放的野百合給驚醒了，

我的能力好像是掩蓋了祖先，

將自己的身體驕傲壯大。

其實這樣的能力是部落的，

我的驕傲真的對我的族人不好意思。

國家圖書館出版品預行編目資料

混濁 / 拉黑子.達立夫(Rahic Talif)著. — 初版.
— 臺北市：麥田出版：家庭傳媒城邦分公司發行，
2006〔民95〕
面；　公分. — (大地原住民；2)
ISBN 978-986-173-155-1(平裝)

848.6　　　　　　　　　　　　　95017975

大地原住民2
混濁

作者　拉黑子‧達立夫（Rahic Talif）
主編　舞鶴
責任編輯　施雅棠　林秀梅
總經理　陳蕙慧
發行人　涂玉雲
出版　麥田出版
　　　城邦文化事業股份有限公司
　　　100台北市中正區信義路二段213號11樓
　　　電話：(886)2-23560933　傳眞：(886)2-23516320；23519179
發行　英屬蓋曼群島商家庭傳媒股份有限公司城邦分公司
　　　104台北市中山區民生東路二段141號2樓
　　　網址：www.cite.com.tw
　　　客服服務專線：(886)2-25007718；25007719
　　　24小時傳眞專線：(886)2-25001990；25001991
　　　服務時間：週一至週五上午09：00~12：00；下午13：00~17：00
　　　劃撥帳號：19863813；戶名：書虫股份有限公司
　　　讀者服務信箱：service@readingclub.com.tw
香港發行所　城邦(香港)出版集團有限公司
　　　香港灣仔軒尼詩道235號3樓
　　　電話：(852)25086231或25086217　傳眞：(852)25789337
馬新發行所　城邦（馬新）出版集團有限公司
　　　Cite(M) Sdn. Bhd.(458372U)
　　　11,Jalan 30D/146, Desa Tasik, Sungai Besi,
　　　57000 Kuala Lumpur, Malaysia.
　　　電話：603-90563833　傳眞：603-90562833
　　　E-mail:citekl@cite.com.tw

印刷／成陽印刷股份有限公司
初版一刷／2006年10月1日
售價／320元
ISBN:978-986-173-155-1